KB253910

우리는
이렇게 통일했다

우리는
이렇게 통일했다

바 이 츠 제 커   회 고 록

리하르트 폰 바이츠제커 지음
탁재택 옮김

창비

우리는 기억할 만한 역사적 기념일들로 가득한 한 시대를 살고 있다. 이 기념일들은 우리를 경이로움, 기쁨, 고마움으로 채워주는 시대적 사건들과 연결해준다.

기념일들은 우리가 늘 역사발전의 한가운데에 존재한다는 사실을 우리 의식 속에 되새겨준다. 이는 유럽 대륙의 중심부에 있으면서 길고 험난한 여정 속에서 통일을 이룬 우리 독일인들에게 특히 해당하는 사항이다. 많은 국가들에 둘러싸인 채 독일은 '후발' 국가로서 성공과 좌절, 위대한 업적과 중대한 오류와 범행, 2차대전의 결과인 동서분단 등을 경험했다.

이후 60년이 넘는 세월이 흘렀다. 세계가 발전해감에 따라 유럽의 분단은 극복되었다. 독일도 다시 통일을 맞이했다. 그러나 우리는 모두 동서남북, 남녀노소를 떠나 막중한 책임을 통감하지 않을 수 없다. 우리는 지나간 역사의 교훈을 배워야 하고 또 잊지 말아야 한다.

이 책은 역사서가 아니다. 하지만 이 책은 역사적 관점에 기초를 두어 나 자신의 경륜과 경험을 바탕으로 쓴 책이다. 역사의 힘이 우리의 사고와 행동을 지배한다는 사실을 우리 세대는 이미 깊이 경험한 바 있다. 젊은 세대는 우리 노년 세대가 깨달은 이러한 이치를 잘 모를 수도 있다. 그러나 오늘을 사는 우리 독일인들이 어떤 민족인지를 알고자 한다면 지금까지 우리 민족이 걸어온 발자취를 회고해 볼 필요가 있다.

현재 우리에게 회고록들이 충분히 존재하지 않는 것은 아니다. 문제는 이러한 회고록들에서 우리가 무엇을 새롭게 배울 수 있는가 하는 것이다. 저명한 사회학자 헬무트 셸스키(Helmut Schelsky)는 「자신에 대한 충고」라는 글에서 다음과 같이 표현한 바 있다.

꼭 필요한 것만 적어라!
너의 강아지와 대화하라!
모든 것은 알게 된다.
입을 다물어라!

다양한 목소리가 들려오는 것은 실로 바람직한 일이다. 일례로 1949년〔동서독 건국〕과 1989년〔동독 붕괴〕에 일어난 일련의 사건들의 중대한 의미를 그 누구도 부정할 수 없다. 당시 사건들의 의미를 개개인들이 서로 상이하게 경험했다 하더라도 세대와 이념을 넘어

열린 자세로 경험들을 공유하는 것은 우리 모두에게 유익하다.

나는 노년 세대에 속한다. 소위 말해 시대의 산증인으로 불린다. 우리의 정치적 안목과 식견은 바이마르공화국에서 시작된다.

유럽과 독일이 분단되어 있던 동안 동독과 서독의 국민들이 경험한 '우리는 하나'라는 깊은 연대감은 국제적 상황이 〔통일에 대한〕 가망이 없어 보이는 시기에도 끊어지지 않았다. 이 확신은 누구도 억압할 수 없었다. 또한 이 기간은 세계 정치사적 측면에서도 투명성이 결여된 시기였다. 분단된 수도 베를린에 산 사람이라면 이러한 상황을 극복하기 위한 어떤 구체적 조치와 대응도 없었다는 점을 모두 잘 알 것이다. 베를린장벽의 설치는 우리에게 큰 고통과 상처를 안겨주었다. 그 장벽이야말로 결국 동서독 주민들의 연대를 무력으로 억압하고자 한 독재에 대한 무력함의 표현이었다.

우리 중 그 누구도 베를린장벽의 설치를 정치적 측면에서 어떻게 극복해야 하는지 몰랐다. 그때〔장벽이 없어질 때〕를 경험하지 못했을지라도 베를린장벽이 미래가 없다고 말하는 데는 특별한 상상력이 필요하지 않았다. 우리가 해마다 베를린에서 경험한 일을 그저 냉정하게 통찰하기만 하면 되었다. 장벽이 오래 버티고 있을수록 장벽을 세운 사람들에게는 부담이 가중되었으며, 설치 목적에도 해가 되었다. 결국 장벽이 붕괴되는 데에는 동독 주민들의 용기와 헌신이 결정적으로 작용했다.

우리 세대에게 주어진 과제는 〔국가를〕 정치적·도덕적·실용적·물질적으로 재건하는 일이었다. 이를 위해 나 또한 베를린에서, 서독지역에서 참여했다. 대외적으로는 교류를 넓혀나가고 우리와 전쟁을 치른 국가들과 한걸음 한걸음 화해해야 했다. 우선 서유럽과 관계를 개선한 후에 동유럽과 관계를 개선했다. 즉, 유럽에서 역사적으로 새롭게 출발해야 했다.

냉전시대에 열강들은 동서독의 분단을 해결해야 할 과제가 아니라 받아들여야 할 현실로 여겼다. 그러나 우리 독일인들은 공동체적 인식의 끈을 놓지 않았다. 유럽의 안전을 위협하지 않으면서 그 의지를 관철하는 것은 매우 어려운 일이었다. 그럼에도 그것이 우리의 목표였다. 그렇기에 나는 베를린장벽의 붕괴를 일생일대의 사건으로 생각하며, 이를 통해 마음속 깊이 감동을 경험했다.

바로 이것이 이 기록을 남기는 이유다.

차
례

일러두기

1. 본문 내 표기는 다음과 같은 원칙을 따랐다.
    - 외국의 인명·지명은 현지 발음에 충실하게 우리말로 표기하고 괄호에 원어를 병기했다.
    - 원문에서 《 》로 강조한 부분은 책과 논문인 경우에는 각각 『 』와 「 」, 직접인용인 경우에는 " ", 그 외에는 ' '로 표시했다.
2. 문장의 이해를 돕기 위해 원문에 없는 부분을 옮긴이가 추가한 경우 〔 〕안에 서술했다.

제1장

역사의 해답

1987년 여름 나는 당시 외무장관 한스 디트리히 겐셔와 모스끄바를 방문했다. 냉전시대가 지속되는 가운데 서독 국가원수의 첫 소련 방문이었다. 당시 방문 목적에 대해 서독 언론은 '해빙 무드 조성'이라고 썼다.

우리는 미하일 고르바초프 대통령, 예두아르드 셰바르드나제 외무장관과 장시간에 걸쳐 대화를 나눴다. 쉽지 않은 이야기였다. 회담이 끝나갈 즈음 나는 고르바초프 대통령에게 동서독문제를 언제까지 방치해둘 것이냐고 물었다. 고르바초프 대통령은 자신은 독일문제란 모른다고 대답했다. 그래서 나는 재차 말했다. "브란덴부르크 문이 닫혀 있는 한 동서독문제는 해결될 수 없습니다."

이에 대해 고르바초프는 우리의 능력을 과대평가해서는 안 되고 역사에 그 해답을 맡겨야 한다고 답했다. 우리 중 그 누구도 100년 후의 미래를 알 수는 없다면서.

1989년 10월 7일 고르바초프는 동독 건국 40주년 기념식 참석차 동베를린을 방문했다. 당시 동독 내 정세는 점점 더 심각해지고 있었으며, 시간이 갈수록 권력은 민중의 손으로 넘어가고 있었다. 소련공산당 서기장 고르바초프는 국내외적 개방정책을 통해 쏘비에뜨 체제가 세계적 경쟁력을 갖게 될 것이라면서, 자신의 개혁이념인 '글라스노스뜨'와 '뻬레스뜨로이까'를 강력하게 선전했다. 모스끄바에서 온 손님은 이내 세계적 명언이 된 "인생은 늦게 동참하는 자를 벌할 것이다"(Wer zu spät kommt, den bestraft das Leben)라는 말을 남기고 그의 베를린 방문 일정을 모두 마쳤다. 이후 고르바초프는 나에게 두번이나 자신의 말은 동독 호네커 서기장에게 발 빠른 개혁을 주문한 것이 아니라 바로 자기 자신에게 한 말이었다고 해명했다. 이 말에는 모든 것을 결정하는 것은 역사 그 자체라는 자신의 깊은 통찰이 담겼다는 것이었다. 우리는 역사를 재촉해서도 안 되고, 동시에 놓쳐서도 안 된다. 고르바초프에 따르면 책임있는 정치는 역사의 방향을 제때 인식하고 인도적 방향으로 이끌어가는 것이다.

우리 독일인들은 1989년 11월 9일〔베를린장벽 붕괴일〕을 맞이할 준비가 되어 있었는가? 그렇다면 무엇을 준비하고 있었는가? 이내 다시 통일국가를 이루기 위한 준비를 한 것인가? 냉혹한 국제정치 질서 속에서 어떻게 이룩할 수 있었던 것일까? 동독 체제를 유지하려는 사회주의통일당(SED)의 굳건한 저항만 있었던 것은 아니다. 독일의 모든 인접국들은 근심 어린 시선으로 독일이 다시 통일된 뒤의 예상되는 위협과 정치적 파장을 예의 주시하고 있었다.

당시 동서독의 양 사회체제 내에는 통일보다도 다른 문제들을 더 시급하다고 여기는 여론도 적지 않았다. 동독에서는 특히 시민 저항 세력이 자유와 법치국가 질서를 확립해 동독을 근본적으로 개혁하는 것이 중요하다고 여겼다. 서방에서는 권위있는 이들이 서독정부의 헌법 수립과 유럽 동맹 및 대서양 동맹을 최우선시해야 한다고 주장했다. 오랜 기간 공을 들여 수립한 서방과의 관계를 훼손해서는 안 된다는 것이었다.

하지만 서로 일치한 의견들도 있었다. 일례로 동서독이 화합해서 유럽의 평화에 기여해야 한다는 것과 동독사회를 인간적인 곳으로 만들어야 한다는 것 등이었다. 이러한 문제들은 통일보다도 더 중요하다고 여겨졌다. 유럽과 독일의 분단을 초래한 역사발전 과정을 고찰한다면 이와 같은 요구들이 왜 제기되었는지 쉽게 이해할 수 있다. 역사적 안목에서 생각하는 것은 우리에게 중요한 과제다. 통일 과정의 중요한 순간들을 성찰하는 데에도, 그리고 미래 과제들을 조망하는 데에도 마찬가지다.

제2장

1945: 패전과 새로운 시작

2차대전이 한창이던 1943년 1월 카사블랑카회담에서 루스벨트와 처칠은 히틀러-독일의 조건 없는 항복을 요구했다. 당시 연합군은 전쟁 승리에 대한 자신감으로 패전국들과 평화회담을 여는 것을 원치 않는 상황이었다. 연합군은 전쟁이 끝난 뒤의 후유증과 전범문제 등을 독자적인 방식으로 처리하고자 했다. 연합군은 신속히 전쟁을 끝냄으로써 독일이 협상할 기회를 조금이라도 가져서는 안 된다고 생각했다. 따라서 독일에서 어떤 정부가 권력을 잡고 있든 간에 협상은 완전히 논외였다.

연합군은 독일 내부의 권력교체 가능성을 두려워할 정도였다. 일례로 1944년 7월 20일 히틀러 암살 시도가 실패로 끝났을 때 영국정부는 히틀러에 반기를 든 내부소행으로 판단하고 혹시 평화를 표방하는 새 독일 지도부와 협상해야 하는 것 아니냐고 우려하기도 했다. 당시 영국 외무성의 관계자는 한 보고서에서 게슈타포〔비밀경찰〕나 SS〔무장친위대〕가 종전 후 '착한' 독일인으로 부상했을 독일 내 반히틀러 세력을 제거해 영국정부가 환영할 만한 행동을 했을 수도 있다고 분석하기도 했다. 당시 독일에서 저항세력을 처형한 것은 연합군의 종전 후 '조건 없는 항복' 목적에 부합하는 환영할 만한 신호였다.

1944년 영국정부는 독일 분할점령 초안을 제시했다. 이어 연합군의 승리가 임박한 1945년 2월 얄타회담이 열렸다. 회담 참가국들 간에 긴장감이 감돌았다. 소련의 전쟁 목표는 독일만이 아니었고 유럽 대륙 전체였다. 미국 루스벨트 대통령의 인식은 스딸린의 이 같은 생각과 완전히 달랐다. 1945년 7월 포츠담회담에서 독일뿐만 아니라 유럽 전대륙의 분단이 기정사실화했다. 유럽은 세계 양대 '슈퍼파워' 간의 완충지대가 된 것이다.

그럼 처칠의 입장은 어떤 것이었을까? 처칠은 포츠담회담이 열리기 직전인 1945년 7월에 치러진 총선에서 낙선했다. 그래도 그의 활동은 적극적이었다. 그는 1941년과 42년 사이에 세계 운명을 결정지은 중심인물이었다. 미국의 루스벨트가 자국민들에게 전쟁 참여 동의를 얻어낼 때까지 영국은 처칠의 영도하에 독일의 폴란드와 프랑스 침공 이후에 홀로 독일에 맞서 싸워야 했다. 미국의 참전에는 일본의 진주만 습격과 독일의 대미 선전포고도 한몫했다. 하지만 당시 처칠은 다음과 같이 외쳤다. "드디어 우리가 해냈습니다!" 미국의 참전으로 히틀러는 제압되었고, 유럽 전역을 지배하고자 했던 민족사회주의는 실패로 끝이 났다.

처칠은 1945년 이후에도 유럽의 미래 설계 면에서 중요한 인물이었다. 유럽 대륙의 혼란과 비극은 그를 고민에 빠뜨렸다. 특히 그는 1차대전 말에 맺어진 베르사유조약의 끔찍한 부작용에 대해 안 좋은 기억이 있었다. 처칠은 당시 평화협상에 자문으로 참여한 저명한 경제학자 존 케인즈(John M. Keynes)의 날카로운 비판을 기억했다. 케인즈는 "끌레망소(Clemenceau)는 너무 귀족적이었고, 우드로 윌슨(Woodrow Wilson)은 너무 도덕적 모범생 같았고, 로이드 조지(Lloyd George)는 너무 지적이었다. 그래서 베르사유의 결과는 인간의 품위도, 도덕과 이성도 보여주지 못했다"고 말한 바 있다.

따라서 처칠에게는 승전국들 사이의 혼란과 패전국 내의 절망적 상황을 극복하는 것이 중요했다. 그러한 인식 속에 처칠은 1946년 '원로 국가지도자' 자격으로 취리히에 왔다. 처칠은 우리 모두에게 유럽합중국 건설의 당위성을 강조했다. 그는 세계적 안목과 용기를 갖고 짧고 명료한 연설로, 지친 세계에 다시 활기를 불어주었고 "우리 다시 새롭게 유럽 가족을 이룹시다"라고 외쳤다. 그는 영국 수상 윌리엄 글래드스톤의 말을 빌려 역사적인 관대함과 "망각이라는 축복 받은 행위"(blessed act of oblivion)가 도움을 줄 것이며, 프랑스와 독일의 양대 국가가 동반자로서 이 길에 앞장서야 한다고 주장했다. 그리고 대영제국, 영연방국가, 미국, 소련은 친구로서 새로운 유럽의 건설을 지원해야 한다고 호소했다. 처칠의 이러한 예지적 호소는 역사적으로 유례없는 추진력이 있었다. 처칠은 이로써 20세기 후반부 현대사의 초석을 놓았다.

제3장

동독의 길

독일의 국가적 운명은 1945년 5월 8일 4개 승전국들에 의해 연합국의 군정체제가 들어서면서 새로운 전기를 맞게 된다. 이는 독일과 베를린의 분단만을 의미하는 것이 아니었다. 미국과 소련의 입장도 첨예하게 갈리기 시작했다. 열강들의 서로 다른 목표 지향점은 독일인들의 정치적 미래에 결정적인 영향을 끼치게 되었다.

동서독의 분단은 독일인들의 의지에 따른 것이 아니었다. 서독지역에서는 미국·영국·프랑스의 이해관계를 중심으로, 동독지역에서는 소련의 이해관계를 중심으로 고착화된 산물이 바로 분단이었다. 우리 독일인들은 유럽 대륙에서 전쟁을 일으킨 탓에 스스로 크나큰 잘못을 짊어지게 되었다. 전쟁은 결국 독일의 조건 없는 항복으로 끝이 났다. 전쟁으로 수많은 사람들이 고통을 받았고, 정든 집과 고향을 떠나야 했다. 그럼에도 불구하고 1945년 5월 8일은 히틀러 나치 시대의 파괴적 망령과 불의에서 해방되는 날이기도 했다.

분단국가 독일은 이제 홀로코스트와 유대인 학살, 전쟁 도발을 해명해야만 하는 상황에 처했다. 동독과 서독은 이에 대해 완전히 다른 입장을 취했다.

독일민주주의공화국(Deutsche Demokratische Republik)이 되어가던 동독은 처음부터 모스끄바의 지침에 따라 안티파시즘을 외쳤다. 안티파시즘은 국가권력에 의해 이데올로기적 관점에서 의도적으로 주창되었다. 일례로 1939년 히틀러-스딸린 동맹에 대해서는 침묵으로 일관했다. 소련이 임명한 동독공산당 지도부 대부분은 나치시대에 겪은 개인적 운명 때문에 이러한 태도에 정당성이 있다고 여겼다. 이들은 강제이주를 당했거나 교도소, 수용소 등에 보내졌기 때문이다.

동시에 동독 국민들이 스스로 학문·문화·종교 분야에서 정치적·도덕적·정신적 혁신을 강력히 시도했지만 별 성공을 거두지 못했다. 동독 지도부는 밑에서 일어나는 안티파시즘을 원하지 않았다. 체제혁신 과제는 개인이 아니라 총체적 집단성에 기초를 두어 추진되었다.

당 지도부는 사회구성원 개개인이 과거문제에 대해 성찰하는 것에는 별 관심이 없었다. 대신 새로운 국가체제에 대한 질서와 원칙 정립을 우선시했다. 동독의 안티파시즘은 국가의 향방을 주도하는 국가이념으로 변질되었다. 따라서 서독은 과거 책임의 유산을 혼자서 뒤집어써야 했다. 당시 동독국민전선은 '안티파시즘이 이루기 위해 투쟁한 것은 동독에서 실현되었다'라는 문구를 내걸었다. 동독은 공산주의 형제국들의 체제에 편입되었지만, 이들은 그 체제에 결코 진정으로 자리잡지는 못했다. 동독에서 가장 오래된 우스개 질문 중의 하나는 "친구와 형제의 차이는 무엇인가?"하고 묻는 것이다. 답은 친구는 자신이 직접 고를 수 있다는 것이다.

동독의 건국 과정에 주(州) 정부와 의회들은 참여하지 않았다. 다시 말해 주민들의 의견, 일반 여론은 반영되지 않았다. 대신 급조된 '인민회의운동연합'(Volkskongressbewegung)이 동원되었다. '인민위원회' 요구로 구성된 특별위원회가 1948년에 내놓은 헌법 초안은 1946년 사회주의통일당(SED)이 만든 초안에 기초를 두었다. 초기부터 SED가 주도하는 형식이었다는 뜻이다. SED는 1946년 외부 세력에 의해 독일공산당(KPD)과 민주사회당(SPD)이 강제로 합병되어 만들어진 정당이다.

'안티파시즘'이라는 표어는 신화를 만들어냈다. 시간이 흐를수록 동독의 권력자들은 모스끄바의 모범생들로서 맑스레닌주의가 이념적으로 제시한 길을 좀더 굳건히 따랐다. 이러한 독해법에 따라 맑스주의는 파시즘을 독점자본주의의 가장 악랄한 유형이라고 공격했다. 이에 따르면 파시스트들은 공산주의자들을 박해했고 소련을 습격했다. '위대한 조국 전쟁'에서 소련 국민은 많은 손실을 입었지만 결국 전쟁에서 승리했다. 이로써 파시즘은 종말을 맞았다. 역사의 질문은 답을 얻었다.

나치독재 시대에 이민이나 망명을 떠나야 했던 수많은 지식인들은 사회주의국가 건설에 참여하기 위해 독일 땅으로 다시 돌아왔다. 그러나 그들 중의 다수는 곧 씁쓸한 실망감을 맛보아야 했고 다시 동독을 떠났다. 철학자 에른스트 블로흐와 문학자 한스 마이어가 대표적인 예다. 안티파시즘은 종교의 대용물 같은 것이 되었다. 후일 리하르트 슈뢰더는 이러한 변화를 다음과 같이 적절히 묘사했다. "실제 SED의 안티파시즘 신화는 역사적 사실을 곡해하고 과거를 손쉽게 청산하고 반대자들을 밀고하는 탄력적 도구로서 독일 땅에서 계속되는 독재의 정당성을 위한 기반이었다."

독일 땅에서의 최초의 노동자-농민국가 건설은 과거와의 극단적인 단절을 목표로 했다. 국민들의 과오는 일괄적으로 사면되었다. 역사의 진행에 대한 질문들은 심화되지 않았다. 모스끄바 노선에 대한 순응이 독자적 회고보다 우선이었다. 1933년〔히틀러 등장이라는〕비극의 책임은 분명 계급투쟁에 있었다. SED의 지도자 동지들은 자신들이 안티파시스트들로서 전쟁을 일으키지 않았으며 홀로코스트에 대한 책임이 없다고 주장했다. 동독 지도층은 민족사회주의(Nationalsozialimus)에 대한 모든 책임을 쉽게 거부할 수 있었다. 계급의 적이 행한 역사적 과오가 우리와 무슨 상관인가? 그 적은 이제 서독에 있었다. 그러니 그 적과 치열하게 싸우면 된다.

이에 대해 동베를린은 '평화를 사랑하는 세계의 민족들'에게 제국주의 세력들이 3차대전을 준비한다면서 제국주의에 맞서 함께 대항하자고 호소했다. 동독 주민들은 과거사 정리 작업에서 배제되었다. 그러나 그것은 해방과 전혀 무관했다. 동독 주민들은 자유를 즐기지 못하고 외부에서 심은 독재자를 수용해야 했다. 그들의 어깨에는 나치 이후의 무거운 짐들이 놓여 있었다.

제4장
서독의 길

미국·영국·프랑스에 점령된 서독지역에서도 기본적인 일상생활의 문제들이 더 중요했다. 전쟁 중 헤어진 가족과 친지들을 다시 찾는 것이 중요했으며 파괴된 건물들을 재건해야만 했다. 식료품과 땔감 등 기본적인 필수품들도 모자랐다. 이런 상황에서 과거문제에 대한 성찰과 청산은 차후의 문제였다. 생존의 문제가 우선이었다. 이것이 해결되어야 과거사에 대한 진지한 성찰이 비로소 가능했고, 과거의 일들이 어떻게 일어날 수 있었는지 진지하게 되돌아볼 수 있었다.

미국은 처음부터 치밀한 과거청산 작업에 큰 의미를 두었다. 그리하여 뉘른베르크 전범재판의 동력이 된 것은 미국이었다. 미국은 포괄적 탈(脫)나치 정책을 사회 전반에서 펼쳐나갔다. 독일인의 재교육과 교화가 주 목표였다.

판결위원회들이 구성되었고 무수한 설문작업이 이뤄졌다. 이로써 원인과 동기에 대해 법적 조사와 성향조사가 이뤄졌다. 이는 동기 면에서는 이해가 가는 측면도 있으나 사실 매우 특이한 조합이었다. 승자와 패자, 점령군과 독일, 독일인들이 나치 시절에 대해 스스로 책임을 지게끔 하는 분업에 대한 시도는 그다지 설득력이 크지 않았다. 시급히 필요한 독자적인 독일식 법치국가적 절차는 더디게 발전하게 되었다.

반면에 교육과 문화 분야에서는 미국에서 부여한 중요한 긍정적 동기도 있었다. 이것은 지금까지도 그 영향이 남아 있는데, 그 예로는 미국이 설립한 서베를린의 베를린자유대학이 있다. 베를린자유대학은 1948년 설립되었는데, 학생들이 〔당시 동독에 귀속된〕 프리드리히빌헬름대학에서 가시화되던 이념적 조종을 더이상 좌시하려 하지 않은 것이 그 계기가 되었다. 이어서 프리드리히빌헬름대학은 이듬해인 1949년에 훔볼트대학으로 개명되었다.

당시 가장 중요한 문제는 파괴된 서유럽과 독일 국민들의 생활고를 고려했을 때 역시 경제적 재건 프로그램이었다. 당시 번즈(James F. Byrnes) 미국 외무장관은 1946년 9월 슈투트가르트에서 행한 연설에서 유럽과 독일 지원정책에 대한 적극적인 의지를 내비치며 희망을 돋우었다. 이 연설은 1946년에 행해진 연설 가운데 처칠의 취리히 연설 다음으로 큰 의미가 있었다. 당시 미국 워싱턴에서는 유럽에서 1차대전 후에 벌어진 위기가 반복되어서는 안 된다는 의견이 지배적이었다.

결국 이러한 상황 인식의 결과물로 마셜플랜이 나왔다. 마셜플랜은 역대 그 어디에서도 찾아볼 수 없으며 승전국들이 패전국에 베푼 전례 없이 슬기로운 특혜정책의 상징이었다. 마셜플랜은 서유럽의 정치적·인도적·물질적 재건에서 중요한 초석이 되었다. 이로써 서유럽에 어마어마한 규모의 재정지원, 원자재, 생필품, 식료품이 제공되었다. 유럽의 경제협력을 위한 기구도 만들어졌다. 소련과 동유럽권 국가들도 초청되었으나, 스딸린의 반대로 이 국가들의 참여는 무산되었다.

당시 서독은 이러한 원조 덕택으로 기아문제를 해결하고 추운 겨울을 날 수 있었다. 마셜플랜은 후일 서독의 경제성장과 싹트기 시작한 번영의 중요한 토대가 되었다. 이는 또한 후일 유럽 통합의 단초가 되기도 했다.

이러한 역사적 작품은 미국 외무장관 조지 마셜의 연설에 기초를 두는데, 마셜은 1947년 6월 하바드대학 명예박사 학위를 받는 자리에서 12분 동안 연설했다. 이 연설은 이후 수십년간 범대서양권의 기본 이념 노선의 방향성을 제시하기에 충분한 것이었다. 특히 내가 당시 이 대사건을 생생하게 기억하는 것은 나 자신이 그 연설이 있은 뒤 40여년이 지난 시점에 동일한 장소에서 마셜플랜이 전후 유럽 재건의 초석이 되었다는 점을 세계에 상기시키는 과제를 떠안아야 했기 때문이다.

승전국들과 독일의 관계를 규정한 주요 정치적 요소는 이내 승전국들 간의 내부갈등 요인이 되었다. 베를린이 금세 위험한 논쟁점이 되었다. 서방 3국은 잠시 주저하기도 했지만 포츠담회담의 결의에 따라 자신들에게 할당된 수도 베를린의 3개 권역을 곧바로 점령했다. 베를린에는 아직 소련을 포함한 4개 승전국의 공동 행정처가 있었다. 1948년 초여름 서독과 서베를린에서는 화폐개혁이 단행되었다. 베를린 내 소련 점령지역에서는 독자적인 화폐제도가 도입되었다. 4국에 의한 공동 행정관리는 에른스트 로이터 시장이 서베를린 지역의 쇠네베르크 시청으로 입주하면서 끝이 났다.

그사이 서독이라는 부분적인 국가의 건국을 위한 준비작업이 광범위하게 진행되고 있었다. 서방 3개 승전국은 1947년 12월 소련이 참여한 4개국 런던회담이 결렬되자 서독의 부분적인 건국에 합의했다. 서방 3국은 주(州) 수상들에게 '프랑크푸르트 문서'를 넘겨주면서 헌법제정 과제를 위임했다.

이것은 상당한 의미가 있으면서 동시에 힘겨운 주문이었다. 이제 다시 또는 새롭게 수립된 주(州)정부 손에 과제가 놓이게 된 것이다. 주정부 수상들은 머뭇거렸다. 그들은 이 부분적인 서독 국가가 과도기적 장치이길 바랐다. 다시 말해 이것이 동서독의 통일이라는 목표를 훼손해선 안 되며, 권력 역학적 측면에서 이루어진 분단을 고착화해서도 안 된다고 본 것이다.

이러한 상황에서 당시 베를린 시장 에른스트 로이터에게 중요한 역할이 부여되었다. 그는 1948년 여름 니더발트회의에서 서독 정치인들에게 곤경에 처한 서베를린을 지원하는 구체적 행동을 취해줄 것을 요구했다. 당시 서베를린은 몇주째 계속 소련군에 의해 모든 육로가 외부에서 차단되었으며, 정치적·기술적·인도적 차원에서 가히 놀라운 서방 연합군의 '항공다리'(Luftbrücke)에만 의존해 연명했다. 로이터 시장은 서베를린을 이 상태로 계속 방치해둘 경우 서유럽 전체에 회복 불가능한 피해를 줄 수 있다면서 정치적·경제적 면에서 서베를린을 위한 서방의 단합된 지탱이 필요하다고 역설했다. 이어서 그는 훗날 독일 통일이 오직 베를린으로부터만 이루어질 수 있다고 덧붙였다. 그는 서베를린에 대한 모든 지원정책이 곧 통일을 준비하는 과정들이라고 보았다. 서독이라는 부분적인 국가의 건국은 이런 관점에서 후일 '동독이 조국의 품으로 돌아오는' 온전한 국가의 복원을 위한 필수조건처럼 보였다.

그 사이 바이에른 주에 있는 섬(島) 헤렌킴제에서는 최고의 전문가그룹이 모여 헌법 초안을 만들기 시작했다. 이 모임은 후에 의회특별위원회로 확대되었다. 이 기구에서 기본법(Grundgesetz)이 만들어졌다. 그런데 왜 '기본법'인가? 기본법은 분단국가 상황에서 만들어진 '임시'법을 의미했다. 당시 기본법 서문은 이 법이 '함께 참여하지 못한 이'(동독인들을 가리킨다)를 위해서도 대신 행동을 취한 것이라고 명시했다. 그럼에도 이 '기본법'은 결국 명실상부한 헌법이 되었다. 이 기본법은 독일 헌정질서 확립에 기여했고, 독일이 자유·법치·의회 민주주의 국가로 발전하는 데 결정적이고 역사적인 동인(動因)이 되었다. 기본법의 핵심 가치는 신설된 헌법재판소의 보호 아래 개인의 기본권이 보장된다는 것이었다. 헌법재판소의 책무와 헌법재판소에 대한 국민들의 신뢰와 존중은 시민들과 국가의 관계를 변화시켰다.

기본법은 어찌 보면 소박하게 제정되었으나 실질적인 면에서는 이전의 모든 법체계들을 뛰어넘었다. 기본법을 모태로 법치국가 독일연방공화국〔서독〕이 건국되었으며, 이 굳건한 토양은 40년 후에 독일이 통일의 길을 걸을 수 있는 발판을 마련했다.

제5장

독일문제를 둘러싼 다툼

서독의 대표적 지도자는 콘라트 아데나우어(Konrad Adenauer)였다. 그는 프로이센제국 시대와 바이마르공화국을 경험하고 전후 재건립된 정당이나 기독교민주동맹(CDU, 기민당) 같은 신생 정당에서 주력으로 활동한 세대에 속했다. 쿠르트 슈마허, 테오도어 호이스, 라인홀트 마이어, 야콥 카이저, 헤르베르트 베너 등이 이 세대에 속한다고 하겠다.

아데나우어는 새로 건국된 연방공화국의 두가지 주요 과제를 매우 인상적인 방식으로 풀어나갔다. 한편으로는 재통일이라는 헌법의 목표가치를 보존하고 계속 살리고 키워나가는 것이 중요했다. 그에 대해 통일이라는 헌법의 목표가치를 추구하는 데 열정을 쏟아부었다는 호평과 이를 실현하는 방식에서 일을 정확하게 처리한 반면

열정이 부족했다는 비판이 있다. 그가 자신의 지난 긴 이력에서도 자신이 베를린이 아닌 쾰른 출신임을 결코 숨기지 않았다는 것은 공공연한 사실이다. 언젠가 그는 내게 자신이 영국군 총사령관에게 영국 외교사에서 가장 큰 실수는 무엇이라고 생각하느냐고, 장군이 답하기 결코 쉽지 않았을 질문을 던진 적이 있다고 말했다. 아데나우어가 그에게 스스로 제시한 답은 다음과 같다. 나뽈레옹제국 시대의 종말이 다가왔을 때 승전국들은 빈회의를 열었다. 1815년 당시 프로이센-베를린은 작센을 병합할 수 있게 해달라고 요구하고 나섰다. 그러나 영국 외무장관은 영국과 프로이센이 긴밀하게 협력하여 프랑스의 침공 가능성을 억제하자고 요구했다. 이로 인해 베를린은 작센을 포기해야만 했고 대신 프로이센〔베를린 사람들〕이 새로운 지배자로서 라인강〔쾰른 지역〕까지 왔다고 한다. 불쌍한 쾰른 사람들 같으니!

다른 한편에선 동유럽권과 대치하는 서방과 유대를 강화하는 일이 아데나우어에게 더 절실한 문제였다. 당시 유럽의 정치역학 구도에서는 서방과의 관계 정립이 독일 통일의 목표에 더 용이하게 접근하는 방법의 문제보다는 우선이었다. 아데나우어에게는 미국 그리고 차츰 형성되어가던 유럽공동체와 경제뿐만 아니라 외교·안보 면에서도 돈독한 관계를 맺고 서방세계에 통합되는 것이 중차대한 상황이었던 것이다.

곧이어 서독에서는 국내정치에 대한 논쟁들이 이어졌다. 미국은 냉전시대의 서방방위에 독일이 기여할 것을 요구하기 시작했다. 아데나우어가 1950년 미국 고등판무관 매클로이에게 독일의 군사적 기여 방안에 관한 각서를 정부 차원의 논의과정을 거치지 않은 채 전달하자, 내무장관이던 구스타프 하이네만은 사직서를 제출하고 여당이던 기민당(CDU)을 탈당했다. 그는 2차대전이 끝나자마자 독일군이 재무장하는 것은 새로운 독일을 건설하는 데 큰 부담이 된다고 본 것이다. 동시에 서독의 정치적 행동 반경이 좁아지게 되고 이로 인해 후일 통일이라는 목표를 달성하는 데 지장을 받을까 우려했다. 후에 그는 '전독일국민당'(Gesamtdeutsche Volkspartei)이라는 독자적인 정당을 설립했다. 이 신생 정당의 프로그램은 얼마 지나지 않아 사회민주당(SPD, 사민당)으로 합류한 지도급 인사들의 사적인 영향력의 그늘에 가리게 되었다. 그 지도급 인사로는 요하네스 라우, 에르하르트 에플러, 위르겐 슈무데, 그리고 구스타프 하이네만 본인 등이 있었다.

그의 곧은 양심과 용기, 법치국가적 일관성에 나는 깊이 그를 존경하게 되었는데, 그가 후일 대(大)연정 법무장관 시절 '68사태' 논쟁과정에서 하원에 긴급법안을 통과시킬 수 있었던 것은 이러한 자질 덕택이라 하겠다. 후일 그는 연방대통령에 출마했고 이는 정파적으로 큰 쟁점이 되긴 했지만, 1969년 대통령에 당선된 뒤 매우 모범적으로 직무를 수행했다.

아데나우어는 1950년대 서방과 유대를 강화하는 일에 전력을 기울였다. 그의 정치는 예측 가능한 것이었다. 워싱턴에서 보낸 지속적인 지원은 그에게 대내외적으로 도움이 되었다. 그러나 서독에서는 반대 노선도 존재했다. 후일 통일을 달성하는 데 더 용이하도록 독일이 좀더 중립적 노선을 추구해야 하는 것 아니냐는 의견들이 곳

곳에서 제기되었다. 소련은 이러한 논의구조를 촉진하고자 한 것 같다. 1952년 당시 스딸린은 모든 승전국에게 승전국들의 통제하에 중립적인 통일독일을 세우자고 제안했다.

이러한 모스끄바의 제안과 서방 승전국들의 관련 대응전략 논의들은 독일문제가 냉전시대 승전국들의 주요 쟁점이 되었음을 보여준다. 서방국가들은 새로 건립된 서독을 유럽과 범대서양 영향력하에 통합하려 했고, 반면 소련의 스딸린은 1952년 자신의 제안으로 서독의 친서방화를 막으려 했다.

미국은 자신의 이해관계와 아데나우어의 강력한 요구에 기초를 두어 소련의 제안에 관한 논의를 전면 거부했다. 이에 대해 일부 사람들은 의문을 제기했다. 정말 그렇게까지 해야 할 필요가 있었는가? 모스끄바의 의견을 그냥 물어보기만이라도 하는 것조차 아데나우어 노선에 정말로 위협이 되었을까? 스딸린의 구상에 혹시나 조금이라도 의미있는 것이 숨겨져 있지나 않았을지 알아보는 것도 흥미로울 수 있다는 것이었다. 미국과 아데나우어의 서로 완전하고 확고하게 일치하는 입장이 어떻게든 흔들리게 되리라는 위험도 전혀 없었다. 스딸린의 통첩의 내용이 공개되고 그 진실이 그저 허풍에 불과했다는 것이 들통난다면 오히려 모스끄바에만 해가 될 뿐이었다.

스딸린 통첩에 대한 철저한 무관심이 미래에 관한 값진 소통의 기회를 잃게 했느냐 여부는 쓸모없는 추측이었다. 이는 1950년대 모스끄바의 독일 정책이 극명하게 보여주었다.

그사이 서방은 서독을 새로운 국제질서에 편입시키기 위해 지속적인 노력을 기울였으며 신속하게 앞으로 전진했다. 1951년 서유럽권에서 광산연맹(Montanunion)이 결성되었다. 이 연맹은 석탄과 철강의 공동시장 형성이라는 경제적 이유만으로 설립된 것은 아니었다. 연맹 결성의 실질적 배경은 혹시 후일 복수를 염두에 둔 프랑스와 독일 간의 경쟁적 군사재무장 정책을 예방하고자 하는 것이었다. 결국 광산연맹의 핵심 철학은 역사-정치적 맥락에서 나온 것이다.

동일한 배경에서 유럽방위연합조약도 체결되었는데, 프랑스 의회에서는 이 조약이 통과되지 못했다. 얼마 후 이 방위연합은 유럽경제연합(EWG)으로 대체되었다. 경제연합은 공동시장 형성을 통해 이후 유럽연합〔Europäischen Union, 이하 EU. 저자는 1945년 이후 유럽연합체를 EU로 통칭한다〕의 초석이 되었다.

경제연합이 결성되기 직전에 서독은 북대서양조약기구(NATO)의 회원국이 되었다. 전쟁이 끝나자마자 새롭게 무장한 독일을 새로운 파트너로 받아들인다는 것은 일부 회원국들에게는 쉽지 않은 일이었다. 당시 NATO 사무총장이던 이즈메이 경(Lord Ismay)은 일부 회원국들의 민감한 반응에 대해 "NATO의 목적은 미국과 맺은 동맹을 굳건히 하고 소련을 방어하고 독일을 제어하기 위한 것이다"라는 유명한 명언을 남겼다. 그런데 실질적으로는 서독을 NATO에 포섭하는 것이 냉전시대의 서방에 근본적으로 중요했다.

아데나우어는 독일이 자유국가, 서구 민주주의 질서 체제로 재편입하는 일이 도달 가능한 목표라고 보았다. 아데나우어와 프랑스 드골 대통령 간의 폭넓은 '이해' 정책은 유럽 역사에서 중요한 전환점을 의미했다.

이러한 상황 전개는 독일문제에 어떤 영향을 끼쳤을까? 서독은 서유럽의 동방으로서 범대서양 안보체제와 유럽의 경제연합에 편입되었다. 동독은 동유럽의 서방으로서 코메콘(COMECON)의 중요 회원국이 되었고 곧이어 바르샤바조약기구 체제에 편입되었다. 역사적·지리적 관점에서 유럽의 중심에 있는 독일은 이중적 차원에서 변방국이 되었다. 서유럽 상황에 대한 소련의 반응은 즉각적이고 단호했다. '독일의 분단을 고착화한 세력은 서방이다. 독일문제는 더이상 미해결된 채로 남아 있지 않다.'

그럼에도 독일은 유럽 한가운데에 있는 지정학적 조건의 영향을 무시할 수 없었다. 비록 중심이 나뉘긴 했어도 중심은 여전히 중심이었으니 말이다. 물론 이런 배경에서도 통일 이슈는 땅 속에 묻힐 수 없었다. 동서독의 동요에도 불구하고 통일문제는 사람들의 가슴과 뇌리에서 떠나지 않았다.

서독의 기본법은 동서독의 통일을 염두에 두고 존재했다. 동독의 헌법도 제1조에 통일 정신을 명백히 밝히고 있었다. "독일은 나뉠 수 없는 민주공화국이다." 동독 국가의 가사에서조차도 "독일, 통일된 조국"을 맹세했다.

동독 사회주의통일당(SED)의 발터 울브리히트 서기장은 국가적 의제의 의미를 재해석하려고 시도했다. 독일인들에게 국가적 의제는 곧 사회적인 문제, 즉 계급문제라는 것이었다. 독일 통일문제는 우선 뒤로 미루고, 계급문제를 먼저 해결하고 나서야 비로소 사회적 문제를 해결했다고 볼 수 있다는 뜻이다. 그는 통일문제를 계급투쟁 문제로 전환하여, 말하자면 노동자 계층과 독점자본주의의 대립으로 몰아가면서 사회 이데올로기적 논쟁으로 바꾸어내고자 한 것이다.

제6장

서독의 경제부흥과 과거사 정책

　이러한 상황 속에서 서독은 국가재건을 위한 근본 토대를 마련해 나갔다. 초기 실업과 배급표를 통한 식량공급문제도 점차 호전되어 갔다. 서독의 루트비히 에르하르트 수상은 자신감, 신념, 용기를 갖고 화폐개혁을 단행했다. 사회 전반에 활기를 불어넣어줄 '사회적 시장경제' 제도의 도입 시기가 도래했다. 마셜플랜의 도움은 이를 실행하는 데에 큰 도움이 되었다. 서독은 경제적·사회적·정치적 분야들이 함께 상승작용을 일으키면서 발전해나가는 시기가 도래했다. 연방원호법(Bundesversorgungsgesetz)으로 전쟁 피해자들을 지원했고 이 가운데 피해보상법은 매우 특별한 의미가 있었다. 그러나 의심의 여지 없이 물질적 지원 수단만으로는 서독의 어마어마한 인도적 손실과 동독지역의 강압적 재산몰수 피해를 완전히 보상해줄 수 없었다. 특히 동독에서 온 난민들은 서독지역에 뿌리를 내리기 위해 기초적인 지원을 바랐다. 서독 주민들은 동독에서 온 난민들에 대한 지원을 모두 함께 부담했고, 이 때문에 특히 전쟁으로 고향을 상실하지 않은 국민들도 스스로 도움의 손길을 내밀면서 연대감을 느끼게 되었다.

이 시기 나는 사법연수 과정을 모두 마치고 변호사로 루르(Ruhr) 지역의 한 광산채굴업체에서 첫 직장생활을 시작했다. 내가 일한 곳은 만네스만(Mannesmann)이라는 주식회사였는데, 그곳은 새로운 사회적·정치적 발전 프로그램들에 적극적으로 참여했다. 나는 특히 기업경영, 새로운 노사 공동결정, 노동자 경영참여, 산재 임금지급 등에 대한 법률 관련 일들을 맡았다. 당시 루트비히 에르하르트 수상은 실질적인 경제적 성과에 대해서만 사회적으로 약속하고 분배해야 한다는 입장을 견지했다. 전체적으로 보았을 때, 이는 물자를 합리적인 사회적·정치적 발전을 위해 매우 효율적으로 사용하여 좋은 결실을 맺게 하는 방법이었다.

당시 '경제 기적'이라는 말이 회자되었으나 이는 결코 좋은 표현이 아니다. 경제발전은 어느날 갑자기 하늘에서 뚝 떨어진 것이 아니기 때문이다. 이는 외교적 측면에서 우호적인 환경의 보호 아래서 냉정하고 열심히 노력한 결과물이었다.

과거사문제는 사회가 점차 풍요로워지는 1950년대 상황에서 미래를 성공적으로 일구는 작업보다도 훨씬 어려운 과제가 되어갔다. 서독정부는 나치시대의 잔인한 잘못에 대해 역사적 책임을 인정했는데, 그 중심에는 이스라엘이 있었다. 그럼에도 여러가지 사안들이 불투명했다. 승전국들의 설문작업, 나치전범재판, 재교육 프로그램들을 통한 일괄적 접근방식은 큰 성과를 거두지 못했고, 전후 민생고를 극복하기 위한 산적한 과제들로 인해 사회적 관심사에서 차츰 멀어졌다. 신생국가 서독으로서는 폐허 상태에서 말 그대로 벽돌 하나하나를 쌓아올리는 것을 의미하는 경제적 재건작업, 바이마르헌법의 실수를 반복하지 않기 위한 훌륭한 헌법체계의 완성, 서유럽권으로 점진적으로 동화하는 작업 등 3대 과제를 달성하느라 다른 것에 신경 쓸 여유가 많지 않았다. 서독은 내적 신념에 따라 새로운 헌법에서 자유롭고 사회적이고 민주적인 법치국가를 지향했다. 이로써 서독은 명실공히 서유럽권에 속하게 되었고 서유럽권 동맹의 한 기둥으로 자리잡았다. 이 모든 상황 전개 때문에 과거사문제는 후순위가 되어버렸다.

새로운 세대가 자라나면서 새로운 성찰에 대한 요구가 터져나왔다. 젊은 사람들은 자신들이 중요하게 여기는 과거사문제에 대해 기성세대들이 침묵하는 것에 문제를 제기했다. 그들은 본인들 스스로 정의를 행사하고자 했는데, 이는 독선적일 수밖에 없었다. 1968년 전후의 세대갈등 속에서 이루어진 과거청산은 과거청산에 대한 첫 시도도 아니었으며 그리 모범적인 것도 아니었다. 그러나 젊은 사람들의 관심은 기성세대가 자신이 나치 시절에 맡은 역할에 대해 정직하게 속죄하는가에만 머무르지 않았다. 그밖에도 그들은 아데나우어의 인품과 국정운영 방식, 교수들과 직업학교 교사들의 태도를 권위주의적이라고 느꼈으며 이에 저항했다. 저항의 방식은 종종 극단적이었다. 또다른 한편으로는 군사적 재무장에 대한 거센 논쟁, 이후에 대두하는 환경파괴에 대한 우려 등으로 커다란 윤리-도덕적 갈등이 표출되었다.

이러한 갈등의 주요 결과로는 시민사회의 수동적 정치의식의 극복과 능동적인 시민사회를 향한 생동감 있는 활동들의 토대 마련과 이를 향한 상당한 진전을 들 수 있다.

이러한 방식의 문제 접근을 통한 변화를 잘 보여주는 또다른 전례들도 있다. 50년대 논란거리인 군사적 재무장 문제도 그 기본 철학이 지금까지도 변함없이 유효하다고 할 수 있는 '제복 입은 시민'(Bürgers in Uniform)의 개념을 도입해 갈등을 해소한 바 있다.

제7장

정치적 분단: 인간적 결속

첫 직장인 만네스만 광산회사에서 맡은 업무를 통해 나는 당시 1950년대 정치권의 뜨거운 쟁점이던 사회정책 이슈들에 접근하게 되었다. 이를 계기로 나는 나 자신의 정치적 성향과 정당가입문제 등에 대해 고민하게 되었다.

나는 정당 이념 중에서 특히 정당 정책들의 사회윤리적·정신적 근원에 관심이 많았다. 이러한 내용들은 비록 정당정치와는 직접적인 연관이 없었음에도 대단히 왕성하게 활동한 가톨릭과 개신교의 사회교육, 사회윤리 관련 연구결과와 출판물들에서 쉽게 찾을 수 있었다. 이러한 학습과정을 거치면서 결국 나는 기민당(CDU)에 가입하게 되었다. 당시 기민당에서는 왕정과 바이마르공화국 시절의 종파적 대립을 극복하는 데 역점을 두었다. 이런 측면에서 당명(黨名)

인 CDU의 대문자 U는 연합(Union)을 상징하는 것으로서 의미가 컸다. 이와 함께 'Christliche'(基督)의 C는 자기 자신에 대한 다짐으로 이해해야 하는 것이었지, 결코 다른 사람들에게 요구하는 개념으로 오용하라는 것은 아니었다. 이는 고귀한 목표였는데, 당의 대내외적 활동 가운데서 종종 위반되곤 했다.

좁은 의미에서 당시 나는 어떠한 정당활동도 추구하지 않았다. 한번은 콘라트 아데나우어 수상을 만날 기회가 있었다. 그는 나와 짧게 대화를 나눴는데 요지는 가족을 잘 돌보고 직장생활을 잘하라는 것이었다. 그는 내게 정계 입문을 권유하지 않았다. 나는 놀라지 않았다. 그는 나를 몰랐고, 나 또한 그에게 어떤 자리를 달라고 지원하지 않았다. 이로 인해 이 분의 현명한 독립성과 자신감 넘치는 기품에 대한 나의 존경은 조금도 손상되지 않았다. 그럼에도 나는 그가 공개적으로 젊은 후진 세대에게 신생 민주주의에 더 능동적으로 참여하라고 독려했다면 좋았을 것이라고 생각했다. 젊은이들이 단순히 기성세대의 권위에 복종하는 착한 이로 살아가라는 뜻이었나? 그러나 아데나우어는 모든 것을 잘했고 특히 혼자서 하는 것을 아주 좋아했고 또 혼자서 할 때 가장 잘했다. 물론 후에 아데나우어는 나에게 연방의회에 기민당 후보로 출마할 것을 강력하게 촉구한 적이 있다. 그러나 그때에는 그게 불가능했다.

나의 직업활동은 이내 독일분단의 상흔과 분단이 동·서독 사람들의 생활감각에 끼친 영향 아래에 놓이게 되었다. 두 신생 부분국가는 서로 현저히 다른 방식으로 불확실한 미래를 향해 걸어가고 있었다. 그럼에도 양쪽 국민들 간의 공동체의식은 이어졌다.

이 과정에서 교회, 특히 기독교가 큰 책임을 짊어졌다. 이는 동독 지역에서 기독교의 신자 수가 매우 많았고 다른 종교집단들보다도 영향력이 더 컸기 때문이다. 교회는 사람들과 새로 관계를 형성하러 나설 필요가 없었다. 그 관계는 1945년 이후로도 한번도 끊어진 적이 없었다. 교회는 동독에서 유일무이하게 자립적이면서 정치적으로 자유롭게 활동할 수 있는 기관이었다.

지속적으로 이루어진 기독교계의 동서독 간 교류에서 나는 초기에 어떤 직책도 맡지 않았다. 내가 적극적으로 참여한 것은 당시 대규모 평신도운동인 독일 기독교총연합회(Kirchentag)였다. 총연합회는 19세기에 출범한 이래 나치시대와 전쟁을 겪으면서 활동이 중단되었으나, 종전 후 조직이 재건되면서 활동을 빠르게 재개했다.

총연합회는 주 혹은 지역 연합체와 무관한 전국적 연합체였다. 총연합회를 통해서 신도들은 경계를 뛰어넘어 만날 수 있었으며, 일상의 경험과 과제에 대한 정보를 교환했다. 이 연합체는 평신도를 종교적으로 교육하기 위한 곳이 아니라 이산과 삶의 고통을 서로 나누고 서로 돕고 격려하기 위한 곳이었다. 이러한 방식으로 총연합회 행사들은 동서독을 아울러 전국적으로 빠른 속도로 번지며 대단히 특별한 의미를 갖게 되었다. 나는 이를 수많은 신도들과 함께 직접 경험했다. 1964년부터 70년까지 6년간 나는 총연합회 명예의장으로 일했다. 명예의장은 동서독 양 지역의 업무를 총괄해야 했는데, 양 지역 신도들이 이를 뽑았다. 상당 기간 동안 나는 이 일에 매진했다.

1949년에 개최된 첫 기독교총연합회 행사에서도 통일목표를 세우는 것과 사람들 간의 결속을 이어가자는 문제가 중심에 있었다.

1950년 에센에서 열린 행사에서는 신도 15만명이 참여한 가운데 동서독이 [여전히] 감동적으로 결속되어 있다는 점을 재확인할 수 있었다. 행사는 4개 분과로 나눠 진행되었는데 그중 한 분과에서는 동독의 인권과 연대감 문제가 다뤄졌다. 총연합회 행사는 독일사람들이 국가의 발전방향과는 무관하게 사회문제들에 대해 하나로 통일되어 함께 고민하는 모습을 보여주었다.

이듬해인 1951년 행사는 분단된 베를린에서 열렸다. 행사 마지막 날에는 '우리는 형제입니다'(Wir sind doch Brüder)라는 모토하에 30만 신도들이 모였다. 이는 단지 기독교적 의미의 '형제'뿐만 아니라 독일 국민의 단결성을 나타내는 극도로 정치적인 의미도 함께 보여주는 것이었다.

그후로는 동독 기독교인들이 서독에서 열리는 총연합회 행사에 참여하는 것이 점점 어려워졌다. 동독 시민들이 참여할 수 있게 된 경우에는 행사의 주제와 성격 전반이 그들의 영향을 많이 받았다. 이후 1954년 총연합회 행사가 처음으로 동독지역에서 개최되었을 때에는 신도 60만명이 동서독 양쪽에서 라이프치히에 운집함으로써 동서독 국민들 간의 강력한 연대의식을 인상 깊게 보여주었다. 폐막행사의 방향은 다음과 같은 말로 규정되었다. "동서독이 통일될지 아닐지는 아무도 모른다. 길고 험한 여정이 될 수도 있다. 어느 한쪽이 지쳐 무너지고 다른 한쪽이 자신만 살려고 할 위험성도 있다. 우리는 그것을 용납해서도 안 되고, 또 그것을 원하지도 않는다. 우리는 서로 힘을 모아 단결해나갈 것이다. 주님의 평화가 우리를 지켜주실 것이기 때문이다."

포메른 출신으로 후일 공영방송 WDR의 사장 자리에 오른 클라우스 폰 비스마르크의 '예수님의 평화를 지키고 내주기에 대한 기독교인의 자유'라는 주제에 대한 열정적인 연설이 이어졌다. 그는 연설에서 동서독 교인들은 정치에 대해 무관심해서는 안 된다면서 각자 주어진 정치체제에서 스스로 책임을 다할 것을 강조했다. 그는 교인들이 각자 자신이 사는 곳에서 사려깊고 신중하게 서로 힘을 모아 협력하자고 촉구했다. 동독 주민들은 서독만을 바라보고 있어서는 안 되고, 서독도 이제는 과거 동유럽 전적(戰敵)들에게 품었던 편견을 바꾸어야 한다는 것이었다. 특히 이 과정에서 서독에 살면서 과거의 상처가 남아 있는 구 동독지역 실향민들의 역할이 중요하다는 말이었다.

독일 전역에서 기독교총연합회 행사의 영향력이 커지면서, 행사의 정치적 입지는 더욱 어려워져갔다. 동독의 지도부가 총연합회 행사에 점차 불신을 표시하기 시작했다.

독일이 패전해 상실한 땅에서 쫓겨난 1천만명 넘는 실향민과 동독에서 넘어온 수백만명 피난민들이 서독지역에서 새로운 삶의 둥지를 틀었다. 동서독 양측의 생활조건 사이의 간극이 점점 벌어지면서 서독으로 넘어오는 난민 대열은 늘어만 갔다. "발로 〔국경을 넘어〕 표현되는 민심"은 현실 사회주의를 신봉하는 동독사회에 점점 심각해지는 노동력 상실 문제를 일으켰고 체제 전반에 대한 신뢰를 떨어뜨렸다.

모스끄바는 일찌감치 동독과 함께 발트해(Ostsee)에서 바이에른까지 내독 국경선을 봉쇄했다. 동서 간의 자유로운 왕래가 불가능했다. 나 자신도 이를 일찌감치 직접 시도해보았다. 1940년대 후반 괴팅엔대학 재학 시절 나는 국가고시를 준비하기 위해 고(古)서적을 사러 동독의 할레에 가고자 했다. 나는 밤에 북부 독일 하르츠 지방의 서쪽을 넘어 동독 국경선을 넘으려 했다. 하지만 이 시도는 당시 소련군과 동독군의 국경수비대에 막혀 들통이 났고, 나는 작은 수용소로 이송되었다. 당시 나는 함께 수감된 한 젊은 여인의 지혜로 힘겹게 탈출할 수 있었다. 그녀는 꾀를 내어 어느날 밤 고래고래 소리를 질러 교도관들을 혼란스럽게 만들었다. 교도관들이 오자 그녀는 자신이 만삭이라고 말했다. 그러자 교도관들은 이 여자를 가급적 빨리 밖으로 내쫓으려 했다. 그러자 그녀는 자신을 보호하고 짐도 들어줄 사람이 필요하다면서 남편도 함께 석방해줄 것을 요구했다. 그녀는 신랑으로 나를 지목했다. 이렇게 나는 그녀를 따라 유쾌하지 못한 감옥을 빠져나올 수 있었다. 우리의 사랑은 다음 기차역에서 끝이 났다.

동독 시민들에게는 예전처럼 동베를린에서 서베를린으로 가는 통로가 있었다. 그래서 서베를린에 도착하기만 하면 서독 본토로 오는 것이 가능했다. 이것이 바로 소련의 흐루쇼프가 베를린을 '암종'(癌腫)이라 부른 이유였다. 그래서 그는 1958년 가을 냉전시대 중에 가장 극심했던 베를린 위기 상황을 야기한 것이다. 그는 서베를린을 서독과의 모든 관계가 단절되고 서방국가들의 병력이 철수한 '자유도시' 상태로 둘 것을 요구했다. 종국에 모스끄바는 동독에 국경에 대한 주권을 이양하고자 했다.

하지만 미국정부가 반대 입장을 강력하게 표명해 결국 소련의 구상은 실현되지 못했다. 그럼에도 베를린 위기 사태는 점차 심각해졌다. 이러한 분위기 속에서 1961년 기독교총연합회 행사가 베를린에서 한번 더 개최되었다. 베를린 시내 중심에 있고 지금은 TV 타워의 그늘에 가린 마리엔교회에서 동서독의 정계 주요 인사들이 참석한 가운데 열린 개막식 행사를 지금까지도 잊을 수 없다.

동독지역에서도 수많은 주민들이 행사에 참여했다. 행사 참여의 이유 중 하나는 베를린의 긴장고조로 서베를린과 서독으로 가는 것이 이번이 혹시 마지막이 될지도 모른다는 것이었다. 동독 지도부의 격앙한 불안이 모든 면에서 느껴졌다.

제8장

1961년 베를린장벽 설치

기독교총연합회 행사가 끝나고 며칠 후인 1961년 8월 13일, 아마도 오랜 기간 준비되었을 베를린장벽이 세워졌다.

소련 흐루쇼프가 협박을 통해 베를린의 위상을 바꾸려고 한 시도가 실패로 끝난 뒤, 동독정부는 우선 서베를린으로 가는 모든 통로를 차단했다. 이러한 일방적 조치는 4개 승전국들의 베를린 공동관리권을 침해하는 행위였다. 당시 동독 SED의 입장은 이제 더이상 해결되어야 할 독일문제란 더이상 없다는 것이었다.

이것은 베를린 시와 베를린 시민들의 생활감각을 크게 제약했다. 당시 베를린 시장인 빌리 브란트는 상황을 이렇게 표현했다. "베를린이라는 공연 프로그램에는 '전체로서의 베를린에 대한 4대 승전국의 책임'이라는 공연이 있다. 커튼이 열렸다. 그러나 보라! 무대는 텅 비었다."

1961년 8월 16일 쇠네베르크 시청 앞에서 흥분한 베를린 시민 20여만명이 운집한 가운데 행한 연설에서 빌리 브란트는 미국 케네디 대통령에게 베를린의 상황전개에 대한 3개 서방 승전국들의 대응의지와 결단에 의문이 있음을 전달했다고 말한 바 있다. 그러나 실제 당시 장벽 설치로 인한 베를린 시의 강압적인 분단에 대해 서방 측이 강압적으로 대응하리라고는 기대할 수 없었다. 당시 냉전체제가 처한 국면에서 미국 외교정책의 우선적 목표는 전략적 측면에서 소련과 관계가 더이상 불편하지 않도록 하는 것이었다. 하물며 장벽 설치에 직접적으로 대응해서 새로운 전쟁을 유발하는 것을 원하지 않았다. 브란트는 이러한 미국의 태도를 분명히 인식했다. 그럼에도 그는 흥분한 베를린 여론을 향해 말하고자 했고, 말해야만 했다.

베를린장벽 설치에서 1962년 꾸바위기를 거쳐 베를린장벽의 붕괴까지 수십년간 서방국가들이 맞닥뜨린 우선적 의제는 통일이 아니라 걷잡을 수 없는 사태가 벌어지는 것을 방지하는 것이었다. 냉전시대는 신중한 행보의 연속이었다. 그러한 가운데 케네디 대통령은 특히 긴장이 고조된 베를린을 고려해, 꾸바위기 동안 소련의 꾸바 내〔미사일 설치 등〕무기 주둔에 대응해 물리적 힘을 행사하는 문제에 대해 미국 내 여러 전문가들의 자문방향과는 달리 거리를 두는 신중한 태도를 보였다.

그렇다면 베를린은 어떻게 되어야 했는가? 장벽 설치는 독일인들에게 견디기 힘들고 가슴 아픈 이산(離散)의 상처였다. 동시에 사람들을 끔찍한 방식으로 갈라놓음으로써 오히려 공동체적 연대감을 강화했다. 베를린장벽은 전후 가장 유명하고 가장 악명 높은 정치적 건축물이며, 그 비인간성으로 인해 결코 잊힐 수 없었다. 당시 세계무대에서 '자유' 이슈에 관여하고자 하는 사람은 모두 자신이 '베를린 사람'임을 공개적으로 표명하곤 했다. 장벽 설치 1년 후인 1962년 베를린 쇠네베르크 시청 앞에서 미국 케네디 대통령이 '나도 베를린 사람입니다'라고 표명한 연설은 긍정적이며 상징적인 신호였다.

당시 베를린의 상황과 관련해 독일 국민들을 안심시키는 일에 전력을 기울인 이는 전략적 사고 능력과 강한 추진력을 갖추고 빌리 브란트의 핵심 측근으로 일한 에곤 바르(Egon Bahr)였다. 당시 상황에서는 폭력적 방식을 동원할 수 없었다. 그러나 단순히 수동적으로 기적을 기다리는 것은 베를린 사람들에게 감히 요구할 수 없는 무책임한 일이었다. 따라서 동베를린 수뇌부와 직접 대화해야 할 필요성이 커졌고 그외에 다른 가능성은 없었다.

에곤 바르는 1963년 자신의 동서 베를린 관계에 대한 이념체계를 베를린문제를 초월한 개념으로 확대했다. 이것이 바로 유명하고 논란이 되기도 한 '접근을 통한 변화' 개념이다. 이것은 무슨 뜻일까? 협상을 통해 동유럽권에 접근하자는 것인가? 동독정부와 협상한다는 의미인가? 그런데 동시에 동독정부와 외교관계를 맺고 있는 나라와는 모든 외교관계를 끊고 말인가? 후자는 60년대까지 서독정부의 내독관계에 있어 주요 정책근간이 된 이른바 할슈타인독트린을 말한다. 할슈타인독트린은 아데나우어정부에서 정책을 입안한 외교 차관 할슈타인(Hallstein)의 이름에서 비롯한다.

어쨌든 서베를린 시의회는 동베를린과 협상을 벌였고, 1963년 크리스마스 즈음에는 첫번째 결과물인 통행증 협약을 맺었다. 서베를 린 시민들의 절대 다수가 이에 찬성했다. 수십만명 시민들이 크리스 마스 휴가를 이용해 동베를린에 있는 친척과 지인을 방문했다. 이어 치러진 서베를린 선거에서는 동베를린과 교류의 물꼬를 트고 계속 밀고 나간 서베를린 시의회의 정책 노선을 절대적으로 지지하는 결 과가 나왔다. 이는 이후 서베를린시를 넘어 대(對) 동유럽권 정책과 관련한 서독 내 전체 유권자 표심에 많은 시사점을 주었다.

제9장

신 외교노선 추구

1950년대 말까지 서독 내 정세는 아데나우어 수상의 정치 지도력과 연방의회 내 타협정치하에서 꾸준히 발전해갔다. 학교와 대학의 교육정책에 이르기까지 큰 사회적 갈등 없이 체제가 잡혀갔다.

그러나 상황은 조금씩 바뀌게 된다. 1960년대로 들어서면서 반대 여론이 점차 두드러지게 나타나기 시작한 것이다. 이러한 현상은 정당들의 선거운동 과정이 아니라 점차 증가하는 깨어 있는 시민들 간의 논쟁을 통해 나타나기 시작했다. 도입된 정책방향과 기존의 권위적 질서에 대한 존경에 대해 점차 이의가 제기되기 시작했다.

1962년에 나온 「튀빙엔 진정서」(Tübinger Memorandum)는 뜨거운 사회적 논쟁을 촉발했다. 이 진정서(陳情書)에는 정치인이 아닌 사회 명망가 8인이 참여했다. 이 가운데 몇몇은 수십년간 동지로서 함께해온 인사들이었는데, 이들은 외교안보, 사회정책, 교육제도 등 주요 현안들에 대한 진정서에서 자신들의 의견을 표명했다. 교육제도 개혁에 대한 요구 외에도 동유럽권 인접 국가들과 정치적 관계 정상화를 목표로 하는 새로운 능동적 외교정책에 대한 조망도 중요한 이슈였다. 진정서에 서명한 인사들에는 후일 '교양교육의 비극' 개념을 확립한 교육학자 게오르크 피히트, 프로이센 문화부 장관의 아들이며 일년 후 베를린에 막스 플랑크 교육연구소를 창설한 헬무트 베커, WDR방송사의 클라우스 폰 비스마르크 사장, 그외에도 자연과학 분야의 한 대표자로서 물리학자 베르너 하이젠베르크, 나의 형 칼-프리드리히 폰 바이츠제커 등이 속했다.

진정서의 문장 구성에는 전면에 나서지는 않았지만 헤르만 쿤스트 주교가 중요한 역할을 했다. 또한 특별히 주목받은 인물은 라인란트 지방의 개신교 의장이던 요아힘 베크만이었는데, 그 역시 자신의 참여가 교회의 공식적인 입장으로 해석되는 인상을 주지 않으려 노력했다. 따라서 주요 인사들의 사적인 노력이라고 볼 수 있었지만 그럼에도 사회적으로 뜨거운 논쟁을 야기했다.

무엇보다 '동유럽권 인접 국가들과 정치적 관계 정상화'에 기초를 둔 새로운 '능동적 외교정책' 추구는 국민 정서를 자극했다. 이 정책노선의 가장 우선적이고 중요한 전제는 '오더-나이세 경계(Oder-Neisse-Linie) 지역에 대한 주권 요구를 포기해야 할 것이다'라는 개념 통찰일 것이다. 게다가 1937년 당시의 국경선을 복원해야 한다는 본(Bonn)의 요구는 서방 동맹국들 그 누구도 동의하지 않는 것으로 장기적으로 통일문제와 서베를린의 자유 보장에 부담을 준다는 것이었다. 두 사안은 분리해서 생각해야 한다는 것이었으며, 독일은 오더강과 나이세강 저편의 지역은 영구히 상실된 것으로 인정해야만 한다는 것이었다. "오더-나이세 경계선을 인정한다는 것은 지난 수년간 외교정책적 숙고 대상이었을지도 모른다. 지금 우리는 이 국경선의 공식적인 인정만이 (…) 폴란드와 관계를 결정적으로 개선할 것이며, 다른 사안들에 대해서 우리의 이해관계를 옹호할 때 서방 동맹국들의 부담을 현저히 경감할 것이며, 소련이 독일과 폴란드의 반목을 이용해 중간에서 실리를 챙기려 하는 것을 막을 수 있을 것이라는 전문가그룹들의 의견에 동의를 표한다."

당시 실향민들의 시위가 있었다. 실향민들 또한 그들의 '잃어버린 고향에 대한 권리'가 있다는 것이었다. 이와 반대로 법률가인 루트비히 라이저는 이러한 권리가 국제법상에서 주장될 수 있는 것인지에 강한 의문을 제기하기도 했다. 당시 튀빙엔대학교 총장이면서 독일 개신교협회(EKD) 내 지도부 인사이던 라이저 또한 진정서에 서명한 인물이었다. 라이저의 주장에 반대하는 인사들로 결성된 괴팅엔의 한 단체의 의장과 장기간 서신을 교환했는데, 그는 '고향에 대한 권리'를 법적으로 어떻게 보장해야 하는지에 대해 물었다. 하지만 동쪽에서 태어나지 않은 독일의 후세대에게는 허용하고 동쪽에서 태어난 폴란드인에게는 허용하지 않는 권리에는 도대체 어떤 정당성이 있단 말인가.

진정서에 대한 사회적 반향은 1960년대 내내 지속되어 이후 서독 정부의 내독정책과 동방정책으로까지 이어졌다.

진정서의 뜨거운 논쟁에 나 자신도 1962년 여름 첫번째 공개적인 입장 표명에 나섰다. 마리온 된호프는 내 입장을 주간 『차이트』(Zeit) 지에 실었다. 그녀가 진정서의 내용에 어느정도 공감했는지, 당시 이른 시점에서 이미 스스로 종지부를 찍었는지를 단정해 말하기는 어렵다. 하지만 그녀는 1988년 자신이 동프로이센에서 보낸 유년기를 회고하는 글의 말미에서 "〔오더-나이세 국경 너머 있는〕 고향의 상실을 나 자신이 받아들일 수 있기까지는 수십년의 시간이 걸렸다. 오랫동안 모든 상식적 논리를 뒤로 하며 고향을 되찾는 기적이 일어나기를 기원했노라"고 적고 있다.

다른 한편으로는 1962년 출간된 회고록 『아무도 불러주지 않는 이름』의 서문에서 "고향에 대한 최고의 그리움이 고향을 빼앗아가버린 자들을 미워하게 됨으로써 증명되다니……"〔그것은 도무지 상상할 수 없는 것이고〕 "소유하지 않으면서 사랑하는 것이야말로 아마도 최고의 사랑이리라"고 생각한다고 밝혔다. 그럼에도 1970년 12월 그녀는 빌리 브란트의 초청을 받았으나 바르샤바의 독일-폴란드 우호조약 체결 행사에 동행하지 않았다.

『차이트』에 기고한 나의 글은 외교정책에 대한 것이었다. 독일인들은 세계에서 가장 위험한 이음매 중의 한 곳에서 살고 있었기 때문에 동서독 간의 긴장을 고조해서는 안 된다는 점에 특별히 유념해야 한다는 내용이었다. "우리는 마치 훼방꾼처럼 증오에 맞서야 한다. 비록 이것이 서방 전체에 해당하는 문제이긴 하지만 (…) 독일의 분단이 독일만의 문제가 아니라는 것은 이미 오래전에 입증되었다. 독일의 분단은 유럽의 분단으로 유럽 전체의 차원에서만 해결될 수 있을 것이다." 이를 위해서는 긴 호흡이 필요했다. 왜냐하면 유럽의 분단은 독일이 원한다고 해서 극복할 수 있는 것이 아니라 유럽 전체의 상황이 점진적으로 변화해감으로써만 극복할 수 있는 것이기 때문이었다. "모스끄바는 장기적 관점에서 볼 때 자신의 제국을 유지하는 데 앞으로 더 많은 어려움을 겪게 될 것이다."

우리에게 우선 중요한 문제는 동독 주민들에게 더 많은 자유를 누릴 수 있게 하는 것이었다. 정치적 측면에서 할슈타인독트린은 그 원형태로서 폐지되어야 한다는 결론을 내렸다. "독트린이 그 '구역'이 국제법적 주체로 존재하지 않는다고 선언한 것은 그 '구역'이 정치적으로는 존재하지 않는다는 인상을 불러일으킨다. 실질적으로 독트린은 이로써 갈등을 더 심화했고, 동서독이 각자의 길을 걷게 되는 결과를 유발했다." 할슈타인독트린은 통일 이념을 강화하지도 않았으며, 그렇다고 동독 주민들의 자유를 신장하지도 않았다. 새로운 동방정책은 폴란드, 헝가리, 다른 바르샤바조약기구 국가들을 향해 상상할 수 있는 가교를 놓아야 한다는 것이었다. 아울러 이러한 방식으로 '서방 진영의 매력이 발산하는 데' 기여해야 한다는 것이었다. 경제협력 관계가 강화되고 사람들 간의 교류가 증대하면서 "유럽과 독일을 갈라놓는 도랑이 메워지게" 될 수 있을 것이었다.

정치적으로 결정적인 파장과 좀더 격렬한 논쟁을 불러일으킨 것은 이른바 『동유럽회고록』(*Ostdenkschrift*)이었다. 저자들은 나를 포함하여 독일 개신교계의 공적책무위원회에서 활동하는 인사들이었다. 논지의 핵심은 폴란드와 형성하는 관계였다. 이 회고록은 1965년 가을에 공개되었다. 위원회의 위원장은 독일학술원 원장인 루트비히 라이저 교수였다. 나는 동서독 대표들이 참여한 위원회의 부위원장 자리를 맡아 열정적으로 활동에 참여했다.

쿠르트 샤르프 주교는 독일 개신교가 2차대전이 동유럽 인접국들에게 남긴 상처가 "채 아물기 시작하지도 않았다"는 사실에 깊이 우려하며 상황을 예의 주시하고 있다고 『동유럽회고록』 서문에 적었다. 그 주요 원인은 오더-나이세 국경선 분쟁에 있었다고 했으며, 독일 개신교는 동유럽에서 이주해온 독일인들의 안정과 평화의 정착에 기여해야 한다는 과제를 완수하고 그 해결방안을 찾는 데에 큰 책임을 통감한다는 내용이었다.

『동유럽회고록』 제4장에서는 라이저 교수가 국제법상의 문제를 다루었다. 그의 논거들은 상당히 중요했다. 영토 점령과 강제이주 정책이 국제법을 위배하는 행위였는지의 여부를 법률적으로 우선 한번 짚고 넘어가야 했다는 것이다. 이에 따라 강제이주한 실향민들이 독일 국민 다수의 인식처럼 이를 중대한 범법 행위로 인식한 것은 충분히 근거가 있는 것이었다.

이와 더불어 독일 국민들도 2차대전 중 동유럽 민족들, 특히 폴란드 민족에게 큰 잘못이 행해졌으며, 이러한 잘못에 대해 적절하게 보상이 이뤄져야 한다는 점을 익히 잘 안다고 했다. '잔인한 과거의 유산이 독일 국민들에게 향후 폴란드 민족의 생활권을 존중해야 한다는 특별한 의무를 부과하기 때문에' 과거에 대한 보상은 오직 오더-나이세 국경선에 대한 합의에 의해서만 이루어질 수 있다는 것이었다.

논지 마지막에서 서독 정치인들은 더이상 '관망하는 자세를 보이지 말고' 폴란드와 대화에 나설 것을 촉구받았다. 독일의 동부 국경선문제에 대한 합의가 당시의 정치적 당면과제였다. 이때 완전히 새롭게 출발해야만 했고, 장기적인 평화질서는 "오직 새로운 출발의 신호 아래"에서만 구현될 수 있다는 것이었다.

곧이어 우리 핵심 저자들은 개신교 위원회의 이름으로 연방의회의 각 당 지도부 인사들을 개별적으로 초청하여 회고록을 건네주면서 우리가 고심하는 주제에 대해 함께 토론할 것을 권유했다. 당시 본(Bonn)은 대(大)연정이 지배하는 시기였다. 사민당(SPD) 쪽에서는 프리츠 에를러, 헬무트 슈미트, 헤르베르트 베너 등이 참석했고, 기민당(CDU)에서는 라이너 바르첼, 요한 밥티스트 그라들이 참석했다. 정치적 목적은 아직 달성되지 않았다. 사회 전반의 분위기 때문에 각 당 지도부도 심적으로 편한 상황은 아니었다. 그럼에도 참석자들은 열린 마음가짐으로 점차 가까워졌다.

'독일 민족에게 기대되는 희생은 역사적 사고에서 비로소 가능하다'는 것이 독일 「개신교 회고록」(EKD-Denkschrift)의 결론이었다. 소수 독일인만이 폴란드의 국경선을 서쪽으로 이동하면서 이뤄진 대규모 주민이주의 규모를 제대로 파악할 수 있었고, 하물며 당시 강제이주 당사자들이 겪은 수많은 고통은 말할 것도 없었다. 그리고 스딸린의 강제이주정책과 독일이 행한 강제이주정책에 부과된 책임 간의 연관성을 이해하려는 독일인들은 소수였다. 폴란드인들의 고통은 1939년 9월 1일 독일의 침공에서 시작되었다.

나는 폴란드와 관계를 개선하는 일을 늘 우리 세대의 과제로 인식해왔다. 이러한 나의 무거운 책임감은 개인적인 아픔에서 기인한다. 1939년 9월 1일 바로 그날, 나는 군인 신분으로 다른 병사들과 함께 폴란드로 진격해 들어갔다. 전쟁 이틀날인 2일 내가 사랑하던 작은 형은 나와 불과 수백미터 떨어진 곳에서 전사했다. 우리는 같은 대대 소속이었다. 밤새 나는 그의 시신을 지켰고 다음 날 아침 전우들과 함께 그를 땅에 묻었다. 그리고 전투는 계속되었다. 전쟁이 일어나자마자 형은 내 인생에 결정적인 영향을 끼친 것이다.

전쟁이 끝나갈 무렵 동프로이센으로 시집간 누이는 서독으로 피난해야 했고, 의사이던 삼촌 빅터 폰 바이츠제커도 브레슬라우에서 서독으로 갔다. 모든 것이 서로 얽혀 있었다. 그럼 폴란드인들의 고단하고 힘든 운명은? 모든 것이 이대로 계속될 수는 없었다.

이러한 배경과 경험에서 나는 우리에게 부과된 과제를 수행하는 일에 외부에서 참여하는 것뿐만 아니라 연방정부의 정치적 선출직에 입문하기로 결심하게 되었다. 그래서 나는 기독교총연합회 의장직에서 물러나 1969년 기민당 국회의원으로 출마했다.

선거에서 당선된 후 나는 두가지 분야에 적극적으로 참여했는데, 그것은 동서독 두 부분국가 간의 내독관계와 2차대전 당시 독일 적대국들과 관계를 개선하는 업무였다.

내독관계 정책에서는 우선 할슈타인독트린의 원형태와 영향에서 독일이 점진적으로 벗어나는 일이 중요했다. 이 독트린하에서 서독 정부는 오랫동안 동독은 국제법상 주체로 존재하는 국가가 아니라고 주장해왔다. 그러나 실제 이것은 장기적으로 볼 때 동서독 간의 골을 더 깊게 파이게 했고 분단을 고착화했다.

이는 과거 우리의 적대국들과 관계를 개선하는 데 길을 열어주는 것과 긴밀한 연관성이 있기도 했다. 이 과정에서 서독은 아데나우어 수상의 영도하에 서방국가들과 발전적인 관계를 맺어갔다. 무엇보다 가장 중요한 것은 프랑스와 관계를 개선하는 일이었다. 독일의 인접국인 프랑스는 전쟁이 끝났을 때 영국과 미국으로부터 제대로 된 승전국 대우를 받지 못했다. 그래서 프랑스는 다시 예전처럼 국제사회에서 자신의 목소리를 내고 국제사회의 중요한 일원이 되기 위해서 애써 방법을 모색하고 있었다. 이러한 목표 지향점으로 프랑스의 선도하의 유럽의 연합체(europäischen Union)에 대한 구상이 빠리에서 환영받았다. 본(Bonn)정부의 정책은 이와 합치했다.

제10장

인접국 폴란드와의 관계

다음으로 서독정부가 2차대전 적국들과 화해해나가는 데 나서는 중심 과제는 앞으로 폴란드와 관계를 확립하는 방향이었다. 바로 이 방향이 앞날을 결정하는 핵심적인 길이었다. 『동유럽회고록』은 특히 이 방향에 대한 것이었다. 내 개인적 견해로도 서독정부가 폴란드와 선린 우호적 관계를 잘 관리하는 것이 가장 어려우면서도 중요한 일이라 생각했다. 이에 폴란드문제를 먼저 집중적으로 조명하고자 한다.

독일과 폴란드, 이 이웃하는 두 민족 간의 공통된 역사가 지루해 보인다면 이는 참 행복한 일이다. 수백년간 폴란드-독일 관계는 종종 어려움이 없지 않았겠지만 이처럼 지루할 만치 서로 원만한 관계로 이해할 수 있을 것이다. 많은 독일인들이 폴란드에서 양식을 얻고 신앙의 자유를 구가할 수 있었다. 16세기에서 18세기까지 폴란드와 독일의 국경선 지역은 가장 조용하고 가장 평화로운 시대를 구가했으며, 폴란드의 동부지역 국경선과 비교했을 때 훨씬 차분했다.

폴란드가 쇠퇴하면서 러시아, 프로이센, 오스트리아 등 주변 열강들이 영향력을 행사하기 시작했다. 오랜 기간 이 열강들은 폴란드 내에서 영향력을 확대하기 위해 대결하다가 결국 폴란드의 분할을 결정했다. 18세기 당시의 느슨한 국제법적 기준에서 보더라도 이는 분명 스캔들이었다.

지금의 폴란드는 외세에 대한 저항 속에서 성장했다. 폴란드 왕정은 무너지기 직전인 1793년에 유럽 최초로 성문법을 완성한 국가였다.

그러나 곧이어 폴란드 애국주의자들의 민족운동은 유럽 전역에서 민주주의운동의 아방가르드가 되었다. 쇼팽처럼 빠리에서 망명생활을 하던 하이네도 다음과 같이 경탄의 말을 한 적이 있다. "폴란드인들에게 조국이 첫번째로 중요한 것이라면, 자유는 그 다음이다." 그럼에도 독일인들과 폴란드인들은 다시 소원해졌다.

1차대전이 끝나갈 때 폴란드는 미국의 지원하에서 125년 분단의 역사 끝에 완전한 주권을 되찾았다. 그러나 20년 후인 1939년 8월, 히틀러-스딸린 조약은 다시금 나라를 두 조각으로 나누었다. 뒤이은 독일의 선제공격으로 폴란드는 2차대전의 첫번째 희생양이 되었다. 폴란드는 자신의 역사발전 과정에서 가장 힘든 시기를 맞았고, 전국토는 초토화되고 수많은 사람들이 학살되었다. 승전국 사이에서 스딸린은 폴란드의 국경선 변경을 요구했다. 동남부의 많은 지역이 소련으로 넘어갔다. 대신에 폴란드는 독일의 부담으로 이루어지는 영토에 대한 어마어마한 보상을 약속받았다. 폴란드의 국경선이 서쪽, 즉 독일 영토로 밀려가면서 소련은 자신만이 새로 만들어진 오더-나이세 국경선을 보호할 수 있다는 구실로 폴란드를 강제로 자신에게 예속시키고자 했다.

동독지역에서는 오더-나이세 국경선과 관련해 처음에는 폴란드와 갈등도 있었다. 그러나 모스끄바는 1950년 동베를린에서 괴를리츠조약을 체결하게 함으로써 동독이 폴란드의 새로운 서부 국경선을 형식적으로나마 인정하게 만들어버렸다. 그러나 사회주의 형제 국가로서 동독과 폴란드 간의 깊은 우정은 찾기 힘들었다. 모스끄바 노선에 충실하면서 독단적이던 동독 지도부는 폴란드공산당의 자칭 수정주의 노선에 늘 위협을 느꼈고, 후일에는 서방세계에 대해서 만큼이나 폴란드 쏠리다르노시치에 대해서도 경계심을 품게 되었다. 반면에 바르샤바에서는 일찍부터 동독이 지리적으로는 폴란드보다 서쪽에 있지만 정치적으로는 폴란드보다 동쪽에 있다고들 말했다. 자유를 갈망하는 폴란드인들에게 공산주의는 '프로이센주의' 만큼 공포의 대상이었던 것이다. 그런데 이제 동독은 프로이센주의와 공산주의, 이 두 요소를 조화롭게 합체했단 말인가? 이는 폴란드인들의 정서로는 받아들이기 너무 힘든 것이었다.

서독에서는 실향에 대한 보상 차원에서 최대한 물질적으로 실향민들을 지원했다. 인도적인 측면에서 이것은 당시 '경제 기적'의 성과물보다 더 대단한 업적이었다. 그러나 동시에 서독의 정당들은 오더-나이세 국경선 문제에 대한 담판을 계속 미루어왔다. 이에 「튀빙엔 진정서」와 독일 개신교계의『동유럽회고록』등은 언젠가 독일과 평화조약이 체결되는 날이 오면 옛 고향으로 돌아갈 수 있을 것이라는 막연하고 고통스러운 환상에서 실향민들을 벗어나게 해줘야 한다고 호소했다. 소련은 말할 것도 없고 서방 승전국들도 새로운 국경선 논의 자체를 이미 오래전부터 전혀 현실적이지 않다고 판단하고 거절해왔다.

고향에 대한 향수가 독일과 폴란드 간의 직접적인 정치적 부담 요인이 된 것은 아니었다. 오히려 문제는 이를 정치적 도구로 이용하는 데 있었다. 슐레지엔, 포메른, 동프로이센 같은 지역은 지난 몇세대가 이어져오는 동안 폴란드인들의 고향이 되었다는 기본인식이 이제 일반화되었다고 본다. 이들 중 많은 이들은 그 자신이 쫓겨난 옛 동폴란드에 대한 추억을 간직하고 있다. 이들은 소련의 행정기관에 의해 추방되었다지만, 이는 독일의 잘못으로 일어난 전쟁에 의한 결과인 것이다. 독일과 폴란드 간의 밀접한 관계에는 옛 고향에 새로운 연고를 만들고자 한 독일 실향민들이 크게 기여했다. 침울하고 괴로운 기억들도 사람들을 모을 수 있었다.

당시 폴란드에서 화해를 청하는 주된 목소리가 일어났다. 1965년 제2차 바티칸공회의가 끝나갈 즈음 공회의에 참석한 폴란드 측 주교들이 독일 쪽 주교단에게 서한을 건넸다. 서한의 핵심은 '우리는 용서한다. 그리고 용서를 빈다'는 내용이었다. 이것은 용감한 목소리였는데, 이에 대해 바르샤바 정치 지도부는 '도대체 왜 우리 폴란드가 독일인들의 용서를 빌어야 한다는 것인가'라면서 폴란드 주교단을 강하게 비판했다. 한편 독일 가톨릭 주교단은 특히 실향민들의 무거운 운명과 관련하여 폴란드 주교단의 서신에 깊은 고마움을 표했다.

이러한 연장선상에서 독일 연방국회 의사당에서는 뜨거운 논쟁이 벌어졌으며, 이로써 새로운 동방정책의 등장이 불가피해졌다. 논쟁이 진행 중인 가운데 의회 내 찬성 여부가 불확실한 상황에서 브란트 수상은 독일정부의 이름으로 1970년 12월 바르샤바조약에 서명했다. 조약의 내용은 오더-나이세 국경선을 인정한다는 것이었다. 그것은 사람들의 뇌리에서 지워지지 않을 가장 고통스럽고 사람들의 감정을 세차게 뒤흔든 정치적 결단이었다. 이 조약의 직접적인 연장선상에서 서독정부에서는 유럽 전체의 긴장완화를 위한 다음 단계 조치들을 적극적으로 모색했다.

나의 의정활동 첫해인 1970년은 이러한 주제에 몰입하게 되면서 끝이 났다. 사실 내가 정치적 선출직에 처음 나가게 된 배경도 이러한 과업에 대한 의지에 있었다. 나는 1970년 가을 폴란드를 방문했다. 당에 통보하긴 했지만 개인 자격으로 아내와 함께 폴란드를 찾은 것이다. 바르샤바에서 나는 정치 인사들뿐만 아니라 다양한 사람들을 만났다. 의회 내 마조비에츠키(Mazowiecki)가 이끄는 가톨릭계 ZNAK그룹, 대단히 흥미로운 사람이라 할 수 있는 공산당 저널리스트 라콥스키(Rakowski) 등과 만나 진술하고 허물없이 대화를 나누었다. 내가 만난 마조비에츠키와 라콥스키가 두 사람 모두 후일 폴란드의 총리가 되리라고는 아무도 상상하지 못했었다. 라콥스키는 폴란드 구(舊)체제의 마지막 총리를 지냈다. 한스 마그누스 엔첸스베르거는 라콥스키 등 당시 구체제 인사들에게 '퇴각의 영웅들'이라는 칭호를 붙여주기도 했다. 마조비에츠키는 이와 반대로 공산주의자가 아닌 첫 민선정부 수반이 되었다. 폴란드 가톨릭 수석 대주교인 비신스키 추기경도 알현했다. 폴란드는 공산주의 체제하에서도 가톨릭교회의 정체성을 한번도 숨긴 적이 없었다. 우리는 계속해서 가톨릭 성지 쳉스토호바(Tschenstochau)를 방문한 데 이어, 헬무트 제임스 폰 몰트케와 페터 요르크 폰 바르텐부르크 등이 중심이 되어 폴란드의 미래를 고민한 저항세력의 비밀회동 장소 크라이사우를 방문했다. 오늘날 이곳에는 독일-폴란드 교류에서 매우 중요한 역할을 하는 청소년 만남의 장소가 있다.

제11장

동서독 교류정책과 긴장완화

1969년 국회의사당에 처음 입성해 맡은 과제는 당 내 '전(全)독일과 베를린 관련 문제 위원회'(Ausschuss für gesamtdeutsche und Berliner Fragen)의 대표직 수행이었다. 취임하자마자 곧바로 개명 논쟁이 뜨겁게 일었다. 당시 새로 구성된 사민당-자유당(SPD-FDP) 정부는 내가 대표를 맡은 위원회의 명칭을 '내독관계위원회'(Ausschuss für innerdeutsche Beziehungen)로 바꿀 것을 주장했다. 이에 반해 [야당인] 기민당-기사당(CDU-CSU)은 지금까지 사용해온 위원회 명칭을 계속 고수해야 한다는 입장이었다. 나는 본회의에서 행한 내 첫 연설에서 명칭 변경에 반대했다. 왜냐하면 개명이 동독을 간접적으로 인정하는 방향으로 나아갈 위험성이 있었기 때문이다. 명칭을 '전(全)독일'(gesamtdeutsch)로 해야 하는가? 또는 '내독’(innerdeutsch)으로 해야 하는가? 연립정부는 내 연설에 우호적 찬사를 보냈지만, 이내 투표에서 다수결로 개명이 결정되었다.

그때까지 역시 ‘전독일문제’ 담당 부처이던 해당 정부부처의 명칭도 바뀌었다. 개명 논쟁으로 비록 어떤 비중있는 변화가 생긴 것은 아니었다. 이런 문제는 이후 단순히 ‘독–독’ 관계로 일컬어졌다. 그럼에도 이 부서의 업무는 큰 의미가 있었다. 1966년부터 69년까지 대연정 기간 동안의 야콥 카이저 장관, 동독 교도소에서 구금자를 현금과 맞교환하는 제도를 도입한 라이너 바르첼 장관, 헤르베르트 베너 장관에 이르기까지 이 장관들의 면면을 통해서 그 업무의 비중을 짐작해볼 수 있다. 물론 내독관계와 동방정책에 있어 중요한 협상과 계약 체결은 총리실과 외무성의 권한에 속했다.

의회 내독관계위원회의 과제는 매년 정부의 입장 설명과 본회의 논의가 함께 이루어지는 「대국민 상황 보고서」(Bericht zur Lage der Nation)를 준비하는 것이었다. 국회의원들이 대부분 동독의 실상에 대한 경험이나 직접적인 인상이 없었기 때문에 논의는 늘상 제대로 이루어지지 못했다. 그 결과로 동독 주민들의 실상에 대한 논의는 거의 이루어지지 않고 사사건건 정당들 간 정쟁만 늘어갔다.

이러한 상황의 절정은 이때부터 한참 후인 1982년 9월 당시 헬무트 슈미트 총리가 「대국민 상황 보고서」를 발표할 때 일어났다. 상원에서는 동독에 대해서는 논의조차 하지 않고 〔임기말을 앞둔〕 슈미트 수상을 지지하던 표들이 두드러지게 야당 지도자 헬무트 콜에게 유리하게 기울어가는 상황에 대해서만 논의했다. 나 혼자만이 당시 베를린 시장으로서 우리〔서베를린 시민〕들이 서베를린에서 경험한 동독과 동베를린에 대한 연례보고를 발표하여 의무에 충실하게 이 논의를 중단시킬 수밖에 없었다. 그때 슈미트 수상은 정부 각료석에서 잠시 일어나 내 자리로 오더니 "이 자리에서 의제에 대해 말하는 분이 최소한 한분은 계시네요"라고 말했다. 그럼에도 당시 우리 중 그 누구도 임박한 수상 교체의 중대한 의미를 간과할 수는 없었다.

이보다 훨씬 이전인 1969~70년 겨울부터 새로운 동방정책과 동서독 관계에 대한 서독정부의 중차대한 결의들이 있었다. 결의 내용은 전후 독일 역사의 중심적인 것들이 되었다. 이 모든 것은 빌리 브란트라는 이름으로 연결된다.

장벽 설치 직후 일어난 베를린 위기 때처럼 브란트의 가장 중요한 참모인 에곤 바르는 동서독 긴장완화 정책을 이끌었다. 동일한 원칙에 따라, 즉 근본을 지키면서도 필요한 것과 가능한 것을 위해 그는 모스끄바와 바르샤바와 조약을 체결하고 동서독 기본조약을 체결하기 위해 노력했다. 1970년 말 바르샤바조약에 내각 수상이 서명한 후 모든 협정 내용에 대한 하원의 비준 절차가 남아 있었다. 이 과정은 서독 건국 이래 가장 치열하고 중요한 의회민주주의 논쟁을 불러일으켰다.

2차대전 승전국들은 서독정부의 긴장완화 정책을 지지했다. 이것은 1971년 가을 4개국 간의 베를린협정으로 증명되었다. 이로써 1948년 베를린 봉쇄 조치 이후 벌어진 분단도시의 법적 위상과 베를린 진입로와 관련하여 벌어진 주권에 대한 갈등과 위기에 종지부를 찍게 되었다. 이후 일어난 많은 사소한 갈등들에도 불구하고 이 협정은 적재(適材) 능력이 있는 것으로 증명되었다.

연방의회 내에서 여당과 야당 간의 표결 구도가 팽팽한 상황이었다. 여야 간의 간극은 매우 컸다. 결정적으로 중요한 표결 시점 직전에 야당은 브란트 수상에 대한 불신임안을 의회에 제출했다. 그것은 간신히 부결되었다. 그런데 이 결말이 다르게 났더라면 상황은 어떻게 되었겠는가? 맺어진 동유럽조약들은 현 정부가 서명했다. 다른 나라들은 모두 이에 기초를 두고 외교정책을 펼쳤다. 이런 상황에서 연방의회가 거부권을 행사한다면? 부결시 서독은 외교적 고립을 피할 수 없었을 것이며, 심대한 위기를 맞게 되었을 것이다. 이런 이유에서 나는 당내 논의과정에서 불신임안이 부결되어야 한다고 분명하게 말했다. 불신임안 상정은 큰 실수라고 나는 확신했다.

의회 차원과 야당 내의 흥분된 논쟁에 시민사회도 열정적으로 참여했다. 우리는 좁은 산마루를 타고 있었다. 전체로서의 독일과 관련한 기본법의 목표를 결코 시야에서 놓쳐서는 안 되었다.

기민당-기사당의 권유로 가까스로 상·하원이 공히 찬성하기로 결의되었다. 이것은 독일문제에 대해서는 평화조약에서 최종적으로 결정해야 하며, 이 과정에서 4개 승전국들의 권한을 존중해야 한다는 점을 분명히 했다.

결의 내용은 브란트가 모스끄바조약 체결 과정에서 전달한 서신 내용보다 더 분명했다. 이미 그 조약에는 "독일민족이 자결권을 갖고 재통일을 달성하게 될 유럽의 평화를 위해 노력하겠다는 연방공화국의 목표와 배치하지 않는다"는 내용이 명시되어 있었다. 모스끄바정부는 결국 결의를 수용했다. 이어 독일 의회는 동유럽 조약들에 근소한 표 차이로 찬성했다.

긴장완화를 위한 독일정부의 기여 외에는 미래에 대한 달리 책임감 있는 방법이 없었다. 서독정부의 새로운 동방정책은 그 첫번째 목표이자 가장 어렵고 중요한 목표를 달성한 것이다. 1972년 가을에 치러진 총선 결과는 국민들이 브란트정부 노선을 분명히 지지한다는 것을 증명해주었다.

제12장

1975년 헬싱키 정상회의

국제사회는 긴장완화를 위한 독일의 선도적 노력들을 뒤따르기 시작했다. 동유럽권과 서유럽은 유럽의 안전과 협력을 도모하기 위한 회의체를 마련하기 위해 노력했다.

누구보다 소련이 적극적이었다. 이를 통해 소련은 2차대전 후 자신들이 주도하고 서독정부도 수용한 현 상황을 국제사회가 인정해주기를 기대했다. 처음에는 망설이던 미국도 결국 참여했다. 오랜 협상 끝에 1975년 헬싱키 정상회의가 개최될 수 있었다. 이 회의에서 중요한 결정이 나왔다.

소련은 2차대전에서 획득한 영토를 인정받았다. 무력 대결 포기와 상호협력을 합의했다. 이 두가지는 헬싱키회의의 첫 결과물이었다. 소위 말하는 '바구니들'(Körbe)이었다.

세번째 바구니는 시민권-인권 문제와 관련된 것이었다. 구체적으로 의사표현의 자유, 정보교환, 여행허가 등의 문제 등을 다뤘다. 모스끄바로서는 당황스러운 주제들이었지만 중립국들이 강력히 주장하는 바람에 성과를 거두게 되었다.

이러한 합의 내용은 의향서의 형태를 띠고 있었다. 이것들은 소송을 제기할 만한 것이 아니었다. 그럼에도 이 내용들은 바르샤바 조약기구 회원국가들 내에서 태동하는 시민자유운동의 토대가 되었다. 바로 여기에서 폴란드 쏠리다르노시치 운동, 프라하의 77헌장(charter 77), 동독의 재야그룹 형성의 동력이 성장한 것이다. 이렇게 헬싱키 정상회의는 자유로운 시민들의 목소리 참여가 더해지면서 긴장완화 정책의 도약판 역할을 했다.

이러한 합의 내용들과 점차 커지는 파급효과들 덕분에 헬싱키회의는 진정한 역사적 전환점이 되었다.

하지만 독일 연방의회에서 야당이던 기민당-기사당은 당시 서방의 새로운 동방정책에 대한 자신들의 반대 입장을 아직 극복하지 못하고 있었다. 야당은 하원에 슈미트정부가 헬싱키회의의 최종합의문에 서명하지 말아야 한다는 내용의 결의문을 제출했다. 야당 내 소수 세력만이 이러한 당의 방침을 막기 위해 노력했다. 나 역시 헬싱키에 대한 저항을 이해하기 어려웠다. 이를 공개적으로 표명하기도 했다. 결의문은 당연히 성과를 거두지 못했다.

35개 국가와 정부 수반들이 헬싱키회의에 참석했다. 의미가 큰 회의였다. 슈미트 수상은 폴란드 기에레크(Gierek) 서기장을 만났다. 독일과 폴란드 사이에는 여전히 어려운 현안들이 있었다. 독일 입장에서는 무엇보다 폴란드에 사는 독일인들의 보편적인 출국허가 문제가 최우선 의제였다. 폴란드는 독일의 요구를 받아들일 때 가능한 한 댓가를 최대화하려 했다. 두 정상 간에 유용하고 합리적인 의견 접근이 이뤄졌다. 양측 간의 간극은 기에레크 서기장이 자신이 오버슐레지엔 출신이라고 가볍게 던진 한마디로 극복되었다. "우리 오버슐레지엔 사람들은 폴란드가 국운이 융성할 때는 폴란드 사람이었고, 독일이 국운이 융성할 때는 독일 사람이었습니다." 슈미트 수상과 기에레크 서기장은 헬싱키에서 상호 관심 주제들에 대해서 건설적으로 이해의 폭을 넓히게 되었다.

슈미트 수상은 헬싱키에서 동독의 호네커 서기장도 만났다. 새로운 동서독 관계에 의미가 있는 만남이었을까? 몇해 전인 1972년 12월 동서독은 상호 기본조약을 체결했다. 기본조약에서 상호 선린 우호 관계를 유지하고, 두 독일 사이의 현 국경선을 인정하기로 했다. 양국은 유엔에 동시 가입했다. 할슈타인독트린은 이제 더이상 의미가 없어졌다. 다만 조약의 이름은 기본조약이었지만, '기본'이 들어있는 조약이 아니었다. 국가와 민족에 대한 언급이 없었다. 동서독문제는 해결된 것인가? 혹은 동서독문제가 아직도 남아 있다는 건가? 다른 모든 것들의 난맥상을 피하기 위해 동서독문제를 그냥 말없이 건너뛴 건 아닌가? 어쨌든 중요한 것은 더이상 자극이나 갈등 없이 헬싱키 회동을 이루었다는 사실이다.

헬싱키회의의 정치적 동기는 동서독문제가 아니라 국제적인 것이었다. 대서양연합에서는 여전히 아르멜(Harmel)독트린이 유효했는데, 이는 당시 벨기에 외무장관을 역임한 삐에르 아르멜 장관의 주도하에 1967년에 작성되어 그의 이름을 딴 전략보고서에서 다시 그 이름을 빌린 것이다. 아르멜독트린의 핵심 내용은 유럽의 안전과 동서의 긴장완화는 서로 분리될 수 없이 밀접한 것이라는 데 있었다.

유럽 전체와 서독에서는 긴장이 완화될 것이라는 분위기가 확산되었다. 평화운동은 점차 그 세가 커져갔다.

그러나 헬싱키회의가 끝난 지 얼마 지나지 않아 소련은 신무기 개발에 나서 중거리 이동 미사일을 개발했는데, 이는 서방 진영을 매우 당혹스럽게 했다. 중거리 미사일은 미국을 제외한 유럽과 아시아권을 사정거리에 두었다. 이는 유럽을 고립시키고 미국의 핵우산 보호에서 벗어나게 한다는 것을 의미하는, 유럽을 위협하는 모스끄바의 새로운 시도였다.

서독은 긴장완화와 안전을 함께 추구하는 아르멜독트린에 충실해야 했는데, 여기에는 미국의 협력이 꼭 필요했다. 이에 머뭇거리던 미국의 카터 대통령은 슈미트 수상이 주도하고 프랑스정부가 지원하면서 소위 말하는 NATO-이중결의에 동의했다.

결의 내용에 기초를 둔 쉽지 않은 협상이 수년간 지속되었다. 1987년 양측이 서로 중거리 마사일의 감축을 합의할 때까지 오랜 기간이 걸렸다. 이것은 슈미트 수상이 갈망하던 것이었다. 그러나 그는 새로운 평화운동의 반대, 같은 당 내의 저항으로 수상 직을 내놓아야 했다. 당시 서독에서는 두가지 자세가 함께 공존했다. 국방에 대한 준비자세와 평화에 대한 준비자세가 바로 그것이다. 이것을 서로 반목시키는 것이 아니라 서로 밀접하게 연결하는 것, 바로 이것이 〔슈미트〕 수상의 목적이었다. 슈미트 수상은 자신의 자리를 희생하면서 올바로 처신했다. 새 수상으로 취임한 헬무트 콜은 전임자가 추구해온 안전정책을 강력하게 지지했다. 슈미트 수상은 비록 자리에서 물러났지만 영향력 있는 선도적 목소리를 계속 유지했다.

제13장

동서독 교류 확대

헬싱키회의의 결과들은 동서독 국민들의 일상생활 속에서도 긴장완화와 교류확대를 체감하게 했다. 개인적인 접촉도 늘어났다. 교회가 다시금 중심적인 역할을 했다. 실무적 접촉은 인간적 유대 강화만큼 의미가 컸다. 나에게도 잊을 수 없는 경험들이 있다.

매우 생생하게 기억에 남은 것이 마그데부르크 주교 베르너 크루셰와 만난 일이다. 그는 매우 활동적인 사람이었다. 그는 유년기와 청소년기를 에르츠 산맥 지역과 슐레지엔 지방에서 보냈다. 그는 2차대전 참전 중 중상을 입고 고향으로 돌아왔다. 그런데 어느 쪽이 고향이었을까?

부상이 어느정도 치료된 뒤 그는 라이프치히와 하이델베르크, 괴팅엔과 바젤에서 목사 수업을 받았다. 이후 그는 서방에서 동독으로 이주했다. 한편에서 보면 동독으로 귀향한 셈이다. 그는 동서독의 연대를 몸소 보여주었다. 그는 드레스덴에서 한 작은 교회의 목사가 되었다. 그는 폴란드, 체코, 동독 3국이 만나는 지점에서 그 이웃국들과 함께 작센 신학교를 이끌었다. 이후 그는 마그데부르크 주교가 되었고, 모든 이에게서 존경받는 동독 개신교의 지도자가 되었다.

그는 자기 내면의 목소리에 힘입어 이념과 정치로 점철된 사회 한가운데서 영향력 있는 인물이 되었다. 어떤 공박도 없이 비판적이면서 열린 자세와 위대한 용기로 그는 동독인들의 일상에 많은 영향을 주었다. 이를테면 국가가 주관하는 성년식과 교회가 주관하는 첫 성찬식 간의 갈등에서나 동독과 서독의 평화운동에서 보여준 모습처럼. 그의 성품과 활동은 수없이 많은 직접적 만남을 통해서 내게 특별히 인상깊게 남아 있다.

이런 교분이 꼭 가족, 친지 사이에만 있는 것은 아니었다. 새로운 우정도 맺어졌다. 늘 찾다보면 새로 발견할 수 있었다. 많은 서독인들이 예를 들어 교회나 적십자사를 통해서 전혀 모르는 동독인들의 주소를 얻었다. 서독인들은 동독 규정에 따라 자신들이 (새로운) 친척 관계임을 증명하면서 이 동독인들과 편지와 소포를 교환했다. 이런 방식으로 나와 내 아내는 작센의 '숙모'를 찾아냈고, 우리는 숙모를 방문해 이후 숙모와 그 가족과 친하게 지낼 수 있었다.

물론 어려운 관계도 있었다. 그럼에도 전체적으로 보았을 때 동유럽과 동독 정책을 기반으로 유연하고 훨씬 더 좋은 관계망이 발전해 갔다.

그러한 발전 방향을 특징짓는 개신교 자료집이 또 하나 나왔다.

1967년도에 나온 「독일인들의 평화를 위한 과제」가 바로 그것이다. 힘 있는 내용들이었다. 1965년에 나온 『동유럽회고록』처럼 이 자료집은 개신교 공적책무위원회에서 동서독 저자들의 도움으로 출판되었다. 여기에는 에르하르트 에플러와 나 자신도 주도적으로 참여했다. 이 자료집은 동서독의 목소리가 함께 어우러진 결실이었다.

이 내용들은 독일의 모든 인접 국가들이 동서독에 기대하는 평화보장에 대한 것이었다. 그중에서 몇가지를 여기에서 다시 기술한다.

"오늘날 우리를 갈라놓은 이 경계선은 지리적이거나 민족적인 것도 아니고, 그렇다고 역사적인 것도 아니다. 이 경계선은 자의적으로 만들어진 것이며, 인도적·정치적·경제적 관계들을 찢어놓고 있다. 이렇기 때문에 사람들의 의식 속에 함께 뭉쳐야 한다는 인식이 자연스럽게 자리잡은 것이다. 이것은 정치적·사회적 질서가 근본적으로 다른 체제에 속함으로써 발생하는 대립구조보다 더 기본적이고 더 강할 수밖에 없다.

사회 전반에서 자유로운 소통에 대한 요구가 지속되고 있다. 방문, 수학여행, 학술교류, 문화교류, 체육교류, 방송교류 분야에서 특히 동독이 서독에 요청한다. 동서독은 언어, 문학, 종교, 예술, 법, 학문, 철학에서 동일한 유산으로 연결되어 있다.

다른 국가들도 독일을 한 민족으로 인식한다. 두 독일정부가 서로 반목하면 인접국들은 불안을 느낀다. 이 국가들은 독일이 민족공동체적 정체성을 훼손당하지 않고 독일인들을 더 큰 관계망으로 엮어놓는 식의 정치적 해결을 바란다.

종합해보면 동서독이 협력해 유럽의 평화에 기여해야 한다는 과제와 기회가 뒤따른다. 독일은 유럽 대륙의 중심부에 있기 때문에 유럽이 두 진영으로 양분된 상황에 특히 영향을 많이 받는다. 그런데 그런 이유 때문에라도 유럽의 분단을 단계적으로 어떻게 극복할 수 있을지는 독일인들의 결속력과 통찰력에 달려 있다. 독일의 평화가 전제되지 않는 한 유럽의 평화는 없다.

우리 독일인들은 상대방의 고통과 기회를 냉정하게 함께 인식하고 숙고하고 나눌 수 있어야 하고, 또 그래야만 한다. 우리는 상대방의 상황을 선입견 없이 보고 판단하기 위해 여행, 접촉, 정보 등 모든 인식 수단을 동원해야 한다.”

이러한 글과 생각이 당시 언론을 통해 점차 퍼져갔다. 당시를 회상해보면 이러한 인식은 상당히 중요한 것이었다. 양 독일 간의 접촉을 필요로 하고 추구해온 우리 서독에게는 동독 교회가 무엇으로도 대체될 수 없는 중요한 가치가 있었다. 정치-이데올로기적 체제의 온갖 억압과 간섭에도 불구하고 동독 교회는 국가와 거리를 두면서 전국적인 영향력을 지닌 유일무이한 거대 조직이었다. 서독 입장에서 동독 교회는 동독인들의 생활상과 근심 걱정을 전해주는 가장 신뢰할 수 있는 정보원이었다.

동서독의 국가공인 교회들(Amtskirchen)은 끊임없이 아주 긴밀하게 접촉했다. 이 관계는 특히나 베를린장벽이 설치된 이후에도 온 힘을 다해 지속되었다. 이것은 우리 사회 어디에서도 찾아보기 힘든 방식으로 제도권 범위에까지 입증되었다. 그래서 교회 선거나 다른 결정들에 대해 앞으로 나아가는 데에 도움을 줄 수 있었다. 종종 기독교회 의회(議會) 성격의 목회자 대표 총회가 동서독에서 동시에 열렸는데, 동베를린의 바이센제와 서베를린 스판다우의 요하네스슈티프트에서 일정을 맞춰 동시에 동일한 의제들을 논의하는 방식이었다. 베를린장벽에서 동서독 방문을 거절당하지 않기 위해서는 어떻게 해야 하는지를 잘 아는 경험 많은 장로들이 있었다. 그들은 회의 개최 기간 동안 양쪽을 오가며 상대방 측에 협의 상황을 설명해주었다. 이런 방식으로 그들은 바이센제에서 슈판다우의 의제를 추인하고, 슈판다우에서 바이센제의 의제를 추인했다. 장벽이 가로막고 있음에도 이처럼 필요에 의해 공동의 결의 사항을 만들어내곤 했다. 나 또한 1964년 기독교 총연합회 의장직에 선출될 당시 이같은 과정을 몸소 체험했다.

이 같은 구조도 정치적 분단 상황까지는 극복해내지 못했다. 그럼에도 동서독이 서로 단결하는 데는 어느정도 기여했다. 교회 영역밖 어느 분야에서 장벽과 철조망을 무릅쓰고 이런 접촉이 가능했겠는가?

공동으로 개최해오던 기독교 총연합회 행사도 열리지 못하게 된지 꽤 오래다. 대신 동독에서 열리는 총연합회 행사에 서독이 참석할 수 있는 가능성은 열려 있었다. 루터 탄생 500주년 해인 1983년 나는 동베를린 기독교 총연합회 본 행사에 초청받아 비텐베르크에 간 적이 있다. 회의 의장인 프리드리히 쇼를렘머는 '칼 대신 쟁기를'이라는 10일 평화기간의 취지에 충실히 따랐다. 상징적으로 그는 만인 앞에서 칼을 쟁기로 만들게 했다. 비텐베르크 시내의 큰 교회에서 나는 쇼를렘머와 많은 신도들이 보는 가운데 소련의 SS20 중거리 미사일과 이에 대한 미국의 무기 배치 등 새로운 군비확장의 위험성에 대해 진솔하게 토론했다. 당시 동독 어디에서도 소련의 미사일 개발과 아울러 서방의 군축정책에 대해 공개적으로 비판하는 시민들의 목소리를 들을 수 없었다.

당시 나는 베를린 시장으로 있었다. 서독에서 온 손님이자 공직자 자격으로 공개연설을 할 기회가 내게 주어졌다. 중앙시장 광장에서 시민 수만명이 운집한 가운데 동서독 전체를 향해 나는 말했다. "우리는 서로 다른 여건, 서로 다른 사회제도, 서로 다른 개인적 활동의 여건 속에서 각자 살아가고 있습니다. 물론 우리는 이것을 인정합니다. 그래서 우리 중 그 누구도 상대방에게 부적절한 충고를 하려 하지 않습니다. 우리는 지금 비록 분단 상황에서 살고 있지만 같은 독일인입니다! 우리는 언어, 문화, 역사에 대한 책임으로만 서로 연결되어 있는 것이 아닙니다. 우리 앞에 놓인 근본적인 목표들은 우리 공동의 목표들입니다. (…) 그것은 아주 단순한 것들에서 시작합니다. 우리는 같은 공기를 마시고 삽니다. 공기는 경계선이 없습니다. 그 공기를 깨끗하게 보존하는 것은 우리 공통의 관심사입니다. (…) 우리가 그토록 갈망하는 평화는 동서로 나뉠 수 없습니다. 가난과 굶주림을 최소화하고 세상의 정의를 장려하는 것은 산업사회를 살아가는 우리 모두의 책임입니다. (…) 우리는 이 비텐베르크의 종교행사를 뜨거운 열정으로 함께 경험했고 함께 찬미했습니다. (…) 우리는 이 자리에서 우리가 가져온 것보다 훨씬 더 많은 것을 받았습니다." 비텐베르크의 종교행사는 프리드리히 쇼를렘머의 용기있는 지도력하에 동서독의 공동체적 관점에서 중요한 시민사회의 커지는 목소리를 결코 간단히 흘려버릴 수 없는 신호가 되었다.

당시 나에게 정무적 절차를 거쳐 비텐베르크 연설 기회를 제공한
이는 동독 현지의 행사준비위원장이던 만프레드 슈톨페였다. 서독
의 공직자가 동독 시내 한복판에서 공개연설을 한 것은 거의 전례가
없었다. 나의 방문은 사전에 SED의 정치국에서 논의되었다.

1990년부터 2002년까지 브란덴베르크 주의 주지사를 지낸 슈톨
페는 베를린장벽이 무너질 때까지 오랜 기간 동안 중요한 기여를 한
인물이다. 우리가 그에게 감사한 것은 종종 그가 우리가 알아야 할
동독 내부의 최고급 정보들을 제공해줬고 동독 종교계 내부뿐만 아
니라 정계에 이르기까지 우리에게 유용한 만남의 기회를 주선해주
었기 때문이다.

1989년 이후 슈톨페는 비판에 휩싸였다. 그가 동독의 교회뿐만 아
니라 정치 지도부를 위해서도 일했다는 것이다. 즉, 양다리를 걸쳤
다는 것이다. 나는 그런 비난을 늘 비열하고 무지하다고 여겨왔다.
슈톨페는 우리에게 '저쪽'의 문을 열어준 사람이다. 이를 위해 그는
동독 핵심부와 교류하는 일이 불가피했을 것이다. 말하자면 그는 동
독 교회 지도부가 해야 할 '더러운' 일을 덜어준 것이다. 우리는 그
에게 감사해야 한다. 그는 동서독 교류에서 없어서는 안 될 인물이
었다.

동독의 가톨릭교회와도 용기를 북돋는 협력들이 있었다. 나도 한
번 기분 좋은 경험을 한 적이 있었다. 나는 스위스 제네바에 있는 세
계개신교연합회(WCC) 직속의 한 작은 집행위원회에서 잠시 활동
한 적이 있다. 회원 중 한 사람은 동독에서 온 개신교 주교였다. 어
떤 연유에서인지는 모르겠지만 이 위원회는 동독 인민의회 의장에

게서 동독 방문 초청을 받았다. 환영행사에서 나는 베를린-노이퀼른 출신의 동독 가톨릭 주교회 의장인 벵쉬 추기경을 만났다. 나는 그에게 "이단자 집단인 개신교위원회를 위한 동독공산당의 환영행사장에서 도대체 추기경께서는 뭘 하고 계십니까?"라고 물었다. 이에 그는 "저는 이 자리가 어떻게 돌아가나 잘 봐야 합니다. 제 임무는 우리 가톨릭이 공산주의자들과 당신들 이단자 집단 속에서 이중으로 소수자가 된 상황에서 앞으로 200년간 살아남도록 돕는 데 있습니다"라고 답했다. 그는 이를 꽤 진지한 유머로 말했다.

여기서 한가지 더 되짚어볼 게 있다. 오래전인 1953년 6월 17일, 이전에 바르샤바조약을 체결한 지역에서 처음으로 시민들의 대규모 공개시위가 있었는데, 그 지역은 다름 아닌 동독이었다. 스딸린 거리를 건설하던 베를린 노동자들도 파업에 나섰다. 이들의 요구는 다른 동독의 산업 지역으로 빠른 속도로 확산했다. 처음에는 사회보장에 대한 요구들이 대부분이었지만 차츰 경계선 폐지, 자유·비밀 투표 등에 대한 요구들이 이어졌다. 소련군의 탱크가 진압을 위해 투입되었다.

동독에서 분출된 이러한 간과할 수 없는 목소리들은 동유럽권 전반에 많은 영향을 주면서 1956년 헝가리를 거쳐 68년 프라하의 봄, 이후 폴란드의 쏠리다르노시치 운동, 80년대 동독의 시민운동으로 이어졌다.

서독에서는 6월 17일이 법정 공휴일로 지정되었다. 서독 의회도 매년 이날을 기념했다. 기념행사에는 국내외 주요 인사들과 정치권

등 모든 분야의 사람들이 참석해 발언했다. 점차 시간이 흐르면서 1953년 6월 17일의 구체적 경험들은 뒷전으로 밀려났다. 그날의 시위가 독일의 통일을 요구한 것인지 아니면 단순히 자유를 갈망한 것인지에 대한 평가들이 서로 엇갈렸다. 서독의 적잖은 사람들도 이날을 단순한 휴일로 생각했다. 그러나 연방의회는 6월 17일 이날을 지켰다.

에르하르트 에플러가 1989년 6월 베를린장벽이 무너지기 약 5개월 전에 행한 연설은 미래에 대한 정확한 예견으로 더욱 유명해졌다. 여러 측면에서 강한 인상을 남긴 연설이었다. 그는 6월 17일이 점차 의미를 잃어가고 있다면서 이날을 국제적으로 이해하려고 하지 말자고 주장했다. 오히려 그는 설득력 있는 보고와 소신을 바탕으로 점점 더 강해지는 동서독의 일체감에 대해 말했다. "서독보다 동독에서 더 강한." 그는 점점 더 체감되는 "행동에서 느껴지는 공통점"으로 독일 통일을 말했다. 우리는 모두 1989년 6월, 11월에 무슨 일이 일어날지 알지 못했다. 에플러는 독일사회의 움직임과 목소리에 밝았다. 내가 여러번 언급한 바 있는 공적책무위원회에서 이미 오래전부터 열성회원으로 활동함으로써 우리 중 그 누구보다 상황에 더 밝았던 것이다.

제14장

새로운 움직임: 동독의 새로운 친구들

폴란드의 쏠리다르노시치 운동은 1970년대 말에 크게 성장했다. 1980년에는 쏠리다르노시치 운동 덕택에 자유노조가 출범했다. 그 여파를 우려한 폴란드 공산당정권은 81년 계엄령을 선포했다. 시위자들 중에 사망자가 나오기도 했다. 하지만 53년, 56년, 68년 동베를린, 부다페스트, 프라하에서처럼 소련군이 진주하는 명백히 위협적인 징후는 눈에 띄지 않았다. 어찌됐든 폴란드의 야루젤스키 장군은 계엄을 선포함으로써 무거운 책임을 지게 되었다. 그런데 내가 느끼기에 야루젤스키는 독재자의 권력욕에 가득 찬 인물은 아니었다. 그 사람은 폴란드공산당 지도자이자 폴란드의 애국자였다.

서방은 폴란드 계엄 사태에 어떻게 반응해야 했던가? 쏠리다르노시치 운동이 처한 상황과 그 역할을 외부에서 인식하기에는 종종 어려움이 있었다. 서독정부로서는 계엄령을 선포한 폴란드 공산당정권과 접촉하는 것을 인류와 평화 차원에서 단순히 그만둘 수만은 없었다. 그러나 나중에 부아디슬라프 바르토쳅스키가 우리에게 알려준, 당시 폴란드에서 탄압을 받던 폴란드 야당의 표어는 매우 의미심장했다. "자유 없이는 평화도 없다."

폴란드 의회 내에는 역시 적극적으로 활동하는 가톨릭 ZNAK그룹도 있었다. 이 그룹의 지도자 중 한 사람이 바로 내가 앞서 언급한 타데우츠 마조비에츠키였다. 70년대 초반 본을 여러차례 방문해 현지 상황을 소상히 알려주었던 그는 나와 친구로 지내고 있었다. 당시 서독 내에서는 동유럽 국가들과 조약을 체결하느냐 마느냐 하는 논쟁이 일고 있었기 때문에 그것은 우리에게 매우 값진 도움이었다. 마조비에츠키는 후일 교황 요한 바오로 2세가 된 카롤 보이틸라가 신뢰하는 고문이었다. 동시에 그는 쏠리다르노시치 운동의 중심적인 인물이었다. 앞서 언급한 것처럼 그는 베를린장벽이 무너지기 직전인 1989년, 동유럽권 전체에서 처음으로 비(非)공산당 출신의 선출직 정부 수반이 되었다.

계엄하에서도 폴란드와 서독의 가톨릭은 매우 활발하게 교류를 유지했다. 의약품과 필요한 식료품을 실은 독일의 트럭들이 끊임없이 폴란드로 들어갔고, 운전석에는 대형 화물차를 몰아본 적이 없는 신부들이 앉아 있었다.

체코 프라하에는 '차터 77'로 커다란 도덕적·정신적 힘을 모은 바츨라프 하벨이 있었다. 나는 그와 80년대에 서로 소식을 주고받았다. 그는 자신의 작품 중 하나의 제목을 '진실 속에 살기 위한 시도'

라고 지었다. 이것은 비할 바 없는 자유와 양심에 관한 책이었다. 그는 끊임없이 투옥되었다. 1989년 프랑크푸르트도서전에서 평화상 수상이 결정되었을 때 그는 내게 잊을 수 없는 편지 한통을 보내왔다. 자신이 프랑크푸르트로 가려면 아예 돌아올 생각을 하지 말아야 한다는 소리를 들었다는 내용이었다. 그러나 그에게 중요한 것은 조국의 발전이었다. 조국에서 그는 독일과 화해를 모색하고자 했다. 2차대전이 끝나고 독일인들을 추방한 것은 매우 비도덕적 행위였다고 보고 있었다. 이것으로 체코인들은 과거 독일인들이 저지른 만행을 똑같이 반복하면서 스스로 무거운 도덕적 과오를 저지른 것이다. 자신은 프라하의 감옥에서 머무르지만 나에게 이 글을 서독에서 읽어달라고 부탁했다. 몇주 뒤 그는 자기 조국의 대통령이 되었다.

대통령 당선 4일 만에 그는 일종의 취임인사 차 독일을 찾았다. 뮌헨공항에 도착한 그는 소형 군용기에서 내렸다. 중령 계급장을 단 조종사가 뒤따라와 나지막한 목소리로 나에게 말했다. "우리의 새로운 총사령관이 가십니다. 이 착한 병사 슈베이크(Schwejk)!"〔『착한 병사 슈베이크』는 체코의 국민소설〕 아니다, 하벨은 분명 병사가 아니었다. 진정한 애국자였다. 그는 수년 동안 자유를 위해, 이제 무엇보다 책임을 의미하는 자유를 위해 투쟁하면서 자유로 가는 여정의 한 모범을 보여주었다. 이런 인물들은 유럽 전역에서, 그리고 특히 분단 독일에 진정 용기를 북돋아주는 영향을 끼쳤다.

서베를린에서는 동독의 대화 상대들과 점차 접촉을 늘려나갔다. 서베를린 시장으로서 나는 동베를린의 에리히 호네커 서기장을 방문했다. 이와 관련해 수도 본의 일각에서는 상당히 강한 저항이 있었다. 그러나 베를린 시민들의 발전을 위한 노력이라면 내가 왜 발전을 위한 노력을 그만두어야 하는가? 이건 동서 간에 이념전쟁을 치르는 것이 아니었다. 우리는 서베를린에 앉아 본의 동유럽정책을 조정하거나, 압력을 행사하려는 의도는 전혀 없었다.

가능한 범위에서 우리는 돕고자 했다. 베를린시로서는 그저 단순히 동베를린과 서베를린 간의 여행 조건을 계속해서 대폭적으로 완화하는 것이 중요했다. 서베를린에 있는 미국 측 점령통치부는 나의 동베를린 방문을 강력하게 지지해주었다.

동베를린 판코프에 있는 니더쉰하우젠 성에서 나는 호네커를 만났다. 이 성은 한때 프리드리히 대제의 부인이 감금생활을 한 곳이기도 하다. 동독 건국 후 빌헬름 피크는 이 성을 대통령 공관으로 사용했다. 우리는 이 첫 회동에서 여행·방문 규정과 관련해 몇가지 개선점을 합의했다. 대화 분위기는 빈틈없고 건조했다. 호네커는 재미있는 인상과 거리가 멀었다.

제15장

고르바초프

본(Bonn)의 통일정책은 동서 유럽 간의 기상 상황에 맞춰져 있었다. 미국에서는 1980년 로널드 레이건 대통령 체제가 출범했다. 그는 NATO-이중결의문에 만족하지 않았다. 더 많은 것을 원했다. 어떤 일이 있더라도 미국은 쌍방의 중거리 로켓 프로그램으로 유럽에서 무력해지거나 배제되지 말아야 했다. 레이건은 전략적 방어체제(SDI)를 들고 나와 '스타워즈'를 준비했다. 이로써 미국은 핵전쟁을 수행할 수 있는 능력을 확실히 하고자 했다. 워싱턴에서는 소련을 초토화할 수 있을 만큼 무장이 필요하다는 말들이 있었다.

이처럼 새롭고 위험한 긴장이 고조되는 가운데 모스끄바에서 변화의 조짐이 나타났다. 소련의 무장의지는 점차 경제성장을 가로막는 부담이 되고 있었다. 소련의 아프가니스탄 침공은 이미 참혹한 실패로 돌아간 상태였다. 브레즈네프와 그의 후계자들의 시대가 막을 내리고 1985년 미하일 고르바초프가 소련공산당 서기장으로 선출되었다. 그는 브레즈네프독트린의 무효화를 선언했다. 그는 미소 간의 대대적인 무기 감축 방법을 모색했고, 이를 먼저 실행에 옮기기 시작했다. 1987년 아이슬란드의 수도 레이캬비크 앞 선상에서 고르바초프는 레이건 대통령을 만나 쌍방 간의 무기감축 노력의 필요성에 대해 레이건 대통령을 설득했다. 이것은 전혀 예상치 못한 것이었고, 냉전시대 동서 양 진영에 결정적인 성과였다.

자국 내에서 고르바초프는 '뻬레스뜨로이까', '글라스노스뜨'로 대변되는 소련사회 전반의 개혁·개방을 추진했다. 대내외적 개방정책을 통해 소련이 세계적인 경쟁력을 갖추게 하려는 것이었다.

이와 동시에 고르바초프는 소련의 위성국가 국민들이 더 많은 자유와 평화를 갈망한다는 것을 감지했다. 이렇게 만든 건 고르바초프가 아니었다. 그럼에도 그는 역사의 순리대로 가야 한다는 자신의 통찰을 믿고 따랐다. 이에 그는 군비축소의 길을 찾았다. 이런 관점에서 그는 점차 자유에 대한 갈망이 높아가던 동유럽권에서 유혈충돌을 피해야 한다는 자신의 행로에 충실했다. 그는 민족적 자결권에 대한 멈추지 않는 열망을 더이상 무력으로 억눌러서는 안 된다는 것을 자신의 책임으로 인식했다.

정작 소련 내에서는 고르바초프의 이러한 정책을 결코 환영하지 않았다. 그럼에도 40년 냉전시대를 무혈, 비폭력으로 종식한 이가 바로 고르바초프였다. 이러한 그의 방침에 따라 바르샤바조약기구 국가들에 주둔한 소련군이 결정적인 순간에 모두 자신들의 부대 안

에서 정위치를 지킨 것이다. 당시 줄곧 세를 키워가고 있던 시민사
회의 평화적 시위는 더이상 억압받지 않았다.

고르바초프는 이러한 관점에서도 역시 선행적 역할을 했다. 그는
우리에게 늘 새롭게 역사를 이해하려 노력해야 한다는 점과 함께 우
리가 요구받는 것, 우리에게 가능성을 열어주는 것들을 책임감 있게
인식해야 한다는 과제를 남겨주었다.

1980년대 들어 분위기가 전반적으로 바뀌었다. 개방과 자유에 대
한 염원의 목소리는 유럽 도처에서 커져만 갔다. 여기에 또다시 폴
란드의 쏠리다르노시치 운동이 핵심적인 동력을 불어넣었다. 헝가
리의 공산당 지도부도 다시금 자유로운 성향을 보였다. 프라하에서
부터 드레스덴과 라이프치히까지 시민들의 목소리가 울려 퍼졌다.

서독 국민들 사이에서 소련 지도부에 대한 존경심은 점점 높아갔
다. 이에 사람들은 '고르비'라는 애칭을 부르기 시작했다.

그런데 서독과 모스끄바 정부 간의 새로운 접촉은 우선 실패로 돌
아가는 듯했다. 헬무트 콜 수상이 미국의 한 잡지 인터뷰에서 동맹
국들에게 변함없는 충실함과 우정을 약속했는데, 이는 그의 책임이
었고 올바른 처신이었다. 그런데 이어서 일종의 안정제로 고르바초
프의 어투가 가끔 괴벨스의 어투와 비슷하더라도 그에 대해서는 걱
정할 필요가 없다고 덧붙인 것이다. 이러한 발언은 모스끄바 입장에
서는 상당히 불쾌한 것이었다. 그러나 상황을 이대로 방치할 수는
없었다. 이런 상황 속에서 이 책 초반부에 기술한 것처럼 1987년 여
름 나는 서독 대통령으로서는 공식적으로 처음 소련을 방문했다.

얼마 후 동독 호네커 서기장의 서독 방문에 대한 허가가 모스끄바

에서 마침내 떨어졌다. 콜 수상은 동독의 국가가 흘러나오고 국기가 펄럭이는 가운데 호네커 서기장을 영접했다. 호네커는 매우 만족스러워했다. 동베를린의 『노이에스 도이칠란트』는 "분단은 완성됐다"라고 썼다. 그러나 실제로 호네커의 서독 방문은 동서독 2개국이라는 상태보다는 '독일'의 연대를 촉진했다. 동독의 장기 경제 프로그램의 재정을 위한 서독의 자본 유치가 당시 바이에른의 주지사 프란츠 요제프 슈트라우스 등의 중재로 약속되었다. 서독 방문을 결산하는 호네커 서기장의 본(Bonn) 기자회견이 끝나고 크비진스끼 소련 대사의 반응도 들렸다. 그는 내부적으로 이제 동독이 더이상 빠져나올 수 없는 황금바늘을 삼켜버렸다고 판단했다는 것이다.

1989년 초 많은 동유럽권 국가들에서 벌써 사회 전반의 분위기 변화가 나타난 반면에, 동독 국가지도부는 자신들의 체제가 견고하다는 인상을 주기 위해 온 신경을 집중했다. 특히 가을에는 건국 40주년을 앞두고 있었기에 더욱 그러했다. 이는 또한 당 내부에서 5월 지방선거에 부여한 의미에서도 드러났다. 이러한 상황 속에서 SED는 국민전선 후보자들에 대한 압도적인 지지를 통해 정당성을 확보하고자 한 것이다.

반면에 선거 수개월 전부터 종교단체 등 다양한 집단들의 활동이 늘어났으며, 이들은 이 계기를 이용해 동독에서도 법적으로는 보장해온 시민참여권과 선거감독권을 실제로 요구하고자 했다. 시민들에게 기존 관행처럼 진정한 의미의 투표권을 보장하지 않는 투표에 참여하기보다는 차라리 선거 당일 기권을 하든지 아니면 실제로 반대표를 던지라고 요구했다.

지역투표소들에서 선거 진행과 개표를 감시하려는 사람들이 나타났다. 이들의 보고와 불평들은 공식적으로 공표된 98.85퍼센트의 찬성이라는 결과가 잘못된 것이라는 것을 극명하게 보여줬다. 선거 관리를 담당하는 기관들이 시민들의 문제제기와 불평에 제대로 대응하지 않거나 불만족스럽게 대응함으로써 시민들의 시위는 선거 조작 고발, 군소 공개시위대 형성 등의 형태로 점차 늘어갔다. 공권력은 이에 일상적인 방식인 체포와 횡포 등으로 대응했다.

5월 7일 동독 지방선거의 함의는 무엇보다도 동독 지도부의 선거 조작 묵인 행위에 대한 시민들의 항거가 그해 6월 천안문시위 유혈 진압에 찬동한 동독 지도부에 대한 시민들의 분개와 더불어, 체제에 대한 비판이 소규모 반대파에서 대규모 시민집단으로 확산하는 데에 기여했다는 점에 있다.

제16장

시민들의 각성: 동독 1989

당시 그 누구도 독일 통일의 가능성에 대한 방법과 시기를 예측조차 할 수 없었다. 그럼에도 동독 내·외부의 상황은 급진전했다. 동독을 떠나는 사람들의 숫자가 멈추지 않고 계속 늘어만 갔다. 1989년 봄 헝가리가 오스트리아로 가는 국경을 개방하기 시작했다. 같은 시기에 베를린 필하모니가 장벽 설치 후 처음으로 동베를린을 방문해 공연했다.

6월 27일 헝가리의 호른 외무장관과 오스트리아의 모크 외무장관이 헝가리와 오스트리아를 가르는 철조망을 함께 끊었다. 국경을 넘고자 한 수천명에게 길이 열렸다. 그밖에도 수많은 사람들이 프라하와 바르샤바에 있는 대사관들을 찾았고, 곧 이 대사관들은 더이상 인원을 수용할 수 없어 폐쇄할 수밖에 없었다. 폴란드에서는 적십자사가 숙소를 마련했다. 폴란드 마조비에츠키정부는 난민들을 동독으로 되돌려보내는 것을 거절했다. 서독의 겐셔 외무장관이 프라하의 대사관 난민들에게 여행허가증을 직접 전달할 때까지 긴장이 계속되었다. 이 과정에서 동베를린의 볼프강 포겔 변호사도 사전 준비를 잘 해주었다. 그는 호네커 서기장과 유지한 긴밀한 관계로 인해 종종 비판을 받기도 했다. 그러나 동독을 떠나는 과정에서 그에게서 도움을 받은 많은 사람들은 견해가 달랐다. 그들은 그 고마움을 잊지 않고 있다. 이는 옳은 것이다.

그해 9월에는 시민운동연합 '신포럼'이 설립을 공식화했다. 이후 '민주주의 각성', '민주 지금'(Demokratie jetzt), 동독의 사민당 격인 SDP가 태동했다.

이전처럼 수십년간의 분단 과정에서도 길을 선도한 것은 기독교연합과 교회들이었다. 1970년대 말부터 평화예배가 열렸다. 많은 도시들이 여기에 참여했다. 많은 참석자들이 신도가 아니었다. 이를 준비한 조직체는 교회 하부조직에 속했다. 이들의 활동에 대해 교회 내부에서 종종 논란이 있던 것도 사실이다.

라이프치히와 일부 도시들에서 평화로운 첫번째 월요집회가 열렸다. 올바른 마음가짐을 갖춘다는 명목으로 교회들이 예배로 초대했다. 모든 이에게 문이 열려 있었고 많은 사람과 단체에게는 어디에서도 가질 수 없던 공간이 생겼다. 그들은 외부 공권력의 억압 속에서 대중의 지지와 공감을 위해 확신과 온유, 비폭력의 정신을 유지했다. 이러한 용기는 자유를 갈망하는 그들의 앞길을 인도했다.

라이프치히 니콜라이 교회에서는 크리스티안 퓌러 목사가 1982

년 9월부터 월요일마다 평화예배를 주도했다. 예배 후에는 참석자들이 모여 토론을 벌였고 소규모의 개별 시위대열에 합류하기 위해 거리로 나갔다. 이들은 때에 따라 여행규제 완화나 다른 요구사항들을 외쳤다.

1989년 봄부터는 참석자들의 수가 급격히 늘어났다. 1989년 10월 2일에는 니콜라이 교회 예배에 2000명 이상이 왔고, 그밖에도 시민 수천명이 거리에서 동참했다. 이 격변의 시기에 동독 건국 40주년 행사가 열렸고 고르바초프가 이에 참석하기 위해 10월 7일 동베를린에 왔다. 공식행사들이 진행되는 동안 동베를린과 다른 도시들에서는 시위가 일어났다. 이들은 '우리가 국민이다' '비폭력' 등을 외쳤다. 목소리는 점차 커져갔고 세는 규합되었다.

이 시기에 특수부대의 투입이 임박했다, 주요 시위장소 주변으로 군부대가 집결한다, 그리고 병원들이 비상상황을 준비하고 있다는 보도들이 있었다. 이와 대비되어 비폭력을 호소하는 여러 단체들의 다양한 목소리들이 뒤따랐다. 이러한 호소에는 쿠르트 마주어와 SED-라이프치히 지구당 당원 3명도 서명을 통해 참여했다.

상황은 점차 걷잡을 수 없어졌다. 10월 9일 라이프치히에서는 시민 7만명이 평화행진에 참여했다. 이들은 동독의 민주화를 강력히 요구했다. 전국민이 숨을 죽였다. 동독 공안당국의 강력한 요청에도 불구하고 소련군은 모스끄바의 명령에 따라 부대 안에 머물렀다. 1989년 10월 9일 이날은 평화혁명의 결정적인 분수령이었다. 더이상 무력으로 혁명의 열기를 억누를 수 없었다.

10월 중순 호네커는 실각했다. 에곤 크렌츠가 후계자가 되었다.

11월 4일 베를린 알렉산더 광장에는 50만명의 인파가 모여 집회를 열었다. 이 장면은 동독 TV를 통해 동독 전역에 생중계되었다. 예술 가들이 주최한 행사였다. 특히 작가들이 연단에 올랐는데, 그들 속 에는 슈테판 하임과 크리스타 볼프가 있었다. 크리스타 볼프는 4일 후 동독 TV에 나와 모두 동독에 남아야 한다는 내용의 호소문을 낭 독했다. 동독의 민주주의 건설에 모두 함께 참여해야 한다는 것이 그 이유였다.

제17장

베를린장벽이 무너지다

11월 9일 저녁, 정치국 대변인 귄터 샤봅스키는 전날 새로 선출된 SED 정치국 명의로 모든 사람들의 '해외여행'이 즉각적으로 허용된다고 발표했다. 혼란이 극에 달했다. 동베를린 시민들 수백명이 서베를린으로 가기 위해 검문소가 있는 보른홀머 거리로 몰려들었다. 검문소 책임장교는 상부에서 어떤 지시도 받지 못한 상황이었다. 그는 독자적으로 판단해야 했다. 혼란스러운 상황에서 그는 스스로 인도적 책임감을 통감하고 모든 무력 사용을 금지했다. 시민들은 국경을 통과했다.

체제는 행동력을 상실해갔다. 국가권력은 통제불능의 상황에 놓였다. 장벽을 극복한 사람들은 바로 동독 시민들이었다. 이들은 이 잊을 수 없는 극적인 몇주간의 주연들이었다. 그들은 동베를린 쪽에서부터 장벽을 무너뜨리기 시작했다. 이것은 아무도 잊을 수 없을 것이며, 달리 해석할 여지도 없을 것이다. 이들이 독일 땅에서 냉전을 종식하는 데 결정적인 힘을 발휘한 것에 감사해야 한다. 필자는 예나 지금이나 통일 과정의 역사에서 이들을 떠올린다.

베를린장벽의 붕괴는 비록 독일 땅에서 일어난 일이긴 하지만 전 세계가 함께한 대사건이었다. 전례가 없는 일이었다. 초기에는 간과할 수 없을 만큼 좋은 신호들이 많이 나타났다. "장벽이 붕괴되었을 때"(When the wall came down), 이 말은 곧 세계적인 표어로 부상했고, 다른 국가와 대륙들이 장벽의 붕괴가 자기네 지역에 끼치는 영향을 얼마나 강하게 느끼는지를 시사해주었다. 인도의 라지브 간디 총리는 한번은 내게, 독일 통일은 자유의지와 평화적 이성의 승리로서 갈등의 역사가 있는 인도가 그 해법을 찾는 데 많은 영향을 주고 있다고 말한 바 있다.

나이지리아의 민주 투사이면서 첫 아프리카 출신의 노벨 문학상 수상자인 월레 쏘잉카(W. Soyinka)는 탈식민지화의 이루 말할 수 없는 길고도 험한 과정에 있는 자신의 모국과 아프리카 전체를 생각할 때 베를린은 희망의 원천이라고 말했다.

다시 베를린의 불안정한 상황을 보자. 11월 10일 금요일, 베를린 쇠네베르크 시청 앞에서 대규모 집회가 열렸다. 발터 몸퍼 시장이 연설을 했다. "우리 독일인들은 오늘 세상에서 가장 행복한 국민입니다." 헬무트 콜 수상이 바르샤바에서 회담 중에 곧바로 날아왔다. 빌리 브란트는 자신의 인간적이고 정치적인 감정을 담아 감회 어린 어투로 말했다. "원래 하나이던 것이 이제 다시 하나가 될 것입니다.

유럽 전체가 말입니다."

　다음 일요일 서베를린 게데히트니스 성당이 동서독에서 온 사람들로 꼭 찼다. 마르틴 크루제 주교가 미사를 집전했다. 미사가 끝날 무렵 그는 내게 발언을 요청했다. 내가 한 말은 과거 기독교총연합회 행사 때마다 내 마음 속에 자리잡고 있던 것으로 사도 바울이 갈라디아 사람들에게 보낸 편지 내용에 의거한 평신도 기도와 환영사의 혼합이었다. "우리로 자유케 하려고 자유를 주셨으니 그러므로 굳세게 서서……"(「갈라디아서」 제5장 1절) 이 말은 무엇보다도 서독에 있는 우리 자신들에게 하는 말이었다. 우리는 우리의 경험과 잣대를 혼자서만 말해선 안 되고, 우리 자신을 먼저 열어야 한다. 자유는 책임과 연대를 의미한다. 하나가 되고자 하는 자들은 자신을 먼저 이해해야 한다. 그리고 나눔을 배워야 한다.

　11월 9일에서 10일로 넘어가는 날 밤은 평화로웠으나 혼란은 피할 수 없었다. 규정들이 있었는가? 어디로 갈 수 있었는가? 얼마 동안? 돌아오는 길에 어려움들이 있지 않을는지? 모두 각자의 방식으로 답을 찾고자 했다. 이 시기에 나도 마찬가지였다. 나 자신도 민심을 탐방하고자 하는 유혹을 떨칠 수가 없었다.

　예배가 끝난 후 나는 국경선이 열려 있는 시내 중심부 포츠담광장으로 갔다. 서베를린 경계선에서 나는 혼자서 사람들이 없고 건물이 들어서 있지 않은 넓은 평지를 지나 광장 동쪽 구석의 경비대 막사 방향으로 걸어갔다. 사람들이 나를 망원경으로 주시하는 것을 볼 수 있었다. 내가 몇미터 앞으로 다가가자 문이 열렸다. 중령 한 사람이 나오더니 내게 다가와 2차대전이 일어나기 전 포츠담 신병 때의 나 자신보다도 더 깍듯이 거수경례를 하면서 말했다. "대통령님, 보고합니다. 특이사항 없습니다." 우리는 악수를 나눴다. 그순간 나는 개인적으로 잊을 수 없는 독일 통일의 성취감을 맛보았다.

이어서 나는 몸퍼 베를린 시장과 함께 글리니크 다리로 차를 타고 갔다. 우리는 이 다리를 건넜다. 서베를린의 서남쪽 모서리에 있는 이 다리는 하벨 호수들을 건너 포츠담으로 가는 유일한 다리다. 거의 50년간 이 다리는 우리를 서베를린에 가둬두었다. 동서독 간 스파이 교환을 위해서만 이 다리는 가끔 열리곤 했다. '통일의 다리'라는 조롱처럼 들리는 이름을 이 다리는 그렇게나 오랫동안 달고 있었다.

베를린장벽이 열리고 며칠 뒤 동독의 시위대 안에서 "우리가 국민이다"뿐만 아니라 "우리는 '한' 민족입니다"라는 구호들이 들렸다. 새로운 단체와 정당이 서로 다른 목표들을 지향하면서 나타났다. 그때까지만 해도 통일의 가능성은 지배적이지 않았다. 그보다는 동독의 개혁, 이데올로기로부터의 해방, SED 독재와 공안 체제와 권력으로부터의 해방이 중요했다.

고르바초프가 소련에서 위에서 아래로 이루어지는 개혁을 시도하는 동안, 폴란드에서는 이미 1989년 초부터 쏠리다르노시치 운동이 아래에서 위로 압력을 행사해 원탁회담에서의 대화와 협상을 관철했다. 동독에서도 원탁회의가 열렸다. 기독교와 천주교 교회들이 12월 초 베를린에서 다양한 단체와 정당들과 회담을 하기 위해 한 자리에 모였다. 이것은 곧 의장단이 구성되면서 상설기구가 되었다. 첫 회의에서 동독 인민회의 자유선거 일자를 1990년 5월 6일로 다수결로 결정했다. 이후 이 날짜는 3월 18일로 당겨졌다.

같은 시기에 공적 무질서와 경제문제가 극심해지고 있었다. 출국 행렬은 줄지 않았다. 무엇보다 젊은 사람들이 많이 떠났다. 하지만 한편으로는 크리스타 볼프의 "동독에 남아야 한다"라는 훈계가 희미해지지는 않았다. 바이마르 국립극장 앞에 있는 괴테-쉴러 동상에 큰 플래카드 하나가 붙어 있었는데, 거기에는 "우리는 여기에 있겠습니다"라고 적혀 있었다.

다른 한편에서는 '서독 마르크가 들어오면 여기 머문다. 그렇지 않으면 우리가 마르크를 찾아간다'는 말이 점점 자주 들려왔다. 이제 국경은 열려 있었다. 독일문제는 얼마 동안이나 더 열린 채로 있을 수 있었겠는가?

베를린장벽이 무너진 직후 내독관계는 서독정부의 핵심과제가 되었으며, 국내적으로뿐만 아니라 국외적으로도 정책노선을 정해야 했다. 우선 콜 수상은 서방 3개 승전국에 장벽 붕괴 사실을 알렸다. 이 국가들은 독일의 미래에 대한 기대가 서로 달랐다. 이제 곧 재통일의 길이 열릴지는 순전히 독일 사람들에게 달려 있었다. 동시에 이러한 전망은 유럽 전역에 불안감을 더하기도 했다. 영국과 프랑스는 미국, 소련과 함께 전체로서의 독일과 베를린에 대한 4대 승전국의 책임에 따라 통일문제에 대한 공동결정권을 요구할 수밖에 없었다. 다른 유럽 국가들은 독일이 유럽의 중앙에 있으며 통일될 경우 인구수나 경제력 면에서 가장 강해질 것이라는 점에서 경쟁적 관계가 등장했음을 인식했다. 미국은 이에 반해 독일 통일 과정이 독일의 중립국화를 야기하지 않는다는 전제하에 사안을 대체적으로 긍정적으로 바라보았다.

콜 수상은 11월 28일 연방의회에서 분명하고 신중하게 10대 계획을 주도적으로 발표했다. 주요 내용으로 동서독 간 연방제적 구조가 들어 있었고 결국 이것은 독일 통일의 정치적 목표였다. 이에 대해 다시금 상반된 반응이 나왔다. 콜 수상은 3일 전 사적으로 저녁식사를 함께 한 프랑스 미떼랑 대통령에게조차 이를 사전에 알리지 않았다. 미국 외무부 장관은 긍정적 반응을 보이면서도 10대 계획에 폴란드의 오더-나이세 경계선 문제가 빠져 있다고 불평했다. 나 역시 그 부분을 찾아보았고, 공식 발표 전에 10대 계획을 보고하러온 콜 수상의 외교정책 최측근 호르스트 텔칙에게도 오더-나이세 문제에 대해 물었다. 그런데 전체적으로 보았을 때 연방의회 발표는 헬무트 콜이 통일독일의 수상이 되는 데 결정적인 역할을 했다.

제18장

통일의 빗장이 열리다: 동서독 내부관계 1989~90

독일의 국내 상황은 계속 진전되고 있었다. 헬무트 콜 수상은 크리스마스 직전 드레스덴에서 11월 8일 동독 총리로 취임한 한스 모드로브를 만났다. 그는 개인적으로 개혁을 선호하는 별 흠집이 없는 사람이었다. 그러나 동독 내 상황은 그가 쉽게 통제할 수 있는 성질의 것이 아니었다. 동독 시민들은 드레스덴 공항에 도착한 콜 수상을 "독일" "헬무트" 등을 외치며 열렬히 환영했다. 콜 수상은 드레스덴의 폐허 상태로 있는 프라우엔교회 앞에서 대중연설을 했다. 수천 명 시민들이 참석해 다시금 "독일, 독일"을 외치면서 그에게 답례했다. 미래의 이정표가 분명해지는 순간이었다.

1990년 3월 18일, 처음이자 마지막으로 동독 인민의회 자유 총선거가 실시되었다. 선거는 기민당이 중심이 된 '독일연합'(Allianz für

Deutschland)의 압도적 승리로 끝났다. 사민당은 자신들의 전통적인 지지기반 지역에서도 의석을 잃는 등 크게 패했다. 동독 SED의 후신인 PDS 역시 결과는 완패였다.

새로 구성된 인민의회는 당시 기회주의자들과 아마추어 연극배우들을 섞어놓은 모양새였다고 한다. 실제 그랬을까? 이렇게 구성된 인민의회의 짧은 역사는 독일 헌정사 전체를 놓고 볼 때 가장 훌륭한 시기 중 하나가 되었다. 리하르트 슈뢰더, 로타 드 메지에르, 라인하르트 회프너 같은 정치인들이 놀라운 것을 만들어낸 것이다. 여러차례 나는 인민의회 회의 내용을 경청한 바 있다. 정말 어려운 문제들을 처리해야만 했고 영향력이 큰 결정들을 내려야만 했다. 인민의회 구성원 대다수가 의정활동 경험이 부족했다. 이들은 정파 간의 치열한 대결구도 속에서 의정 경험을 축적하지 못했으며, 리하르트 슈뢰더의 표현처럼 "자신들의 세계관이 옳다고 인정받기 위해서 늘 다른 이들의 최악의 것을 기대하거나 바라기까지" 했다. 자유선거에 의해 구성된 인민의회의 몇달 동안의 활동은 정당정치적 의회민주주의가 얼마나 잘 굴러갈 수 있는 제도인지를 보여주었다.

우리는 모두 40년간 분단이 어떤 의미가 있는지 알게 되었다. 이것은 한 세대 이상이 걸린 긴 시간이었다. 이 기간은 사회 전반에 많은 영향을 주었다. 동독 사람들은 정해진 통제사회에서 살았다. 그 씨스템은 사람들의 일상에서 생기는 많은 선택들을 대신했다. 동독 사람들은 서독 사람들이 동독사회에 대해 아는 것보다 서독사회에 대해 더 많이 알았다.

서독사회는 내부문제로 경황이 없었다. 동독사회에 대해서는 종종 일종의 선입견 같은 것이 지배했는데, 대표적인 것이 비합법국가, 비밀경찰국가, 장벽, 철조망, 올림픽 금메달이다. 전부 실제로 있었던 것들이기는 하다. 그런데 이런 것들은 서독에서 동독의 일상생활을 판단하는 기준이 되어서는 안 되었을 뿐 아니라 될 수 있는 것도 아니었다. 잘못된 사회체제 안에서도 올곧게 사는 사람들과 함께 더불어 살아가고자 하는 미풍양속, 개인행동의 옳고 그름에 대한 판단에서 일치하는 기준이 있었다.

서독의 콜정부와 동독의 로타 드 메지에르정부는 이제 독일민족에 대한 공동의 과제를 떠안게 되었다. 이것은 오늘내일 해결될 수 있는, 그렇게 간단한 일이 아니었다. 동독 TV에 출연해 나는 말했다. "우리는 한 민족입니다. 하나이던 것은 다시 하나가 될 것입니다. 억지로 하나로 합쳐져서는 안 되고, 제대로 하나가 되어야 합니다. 우리에게는 시간이 필요합니다."

난관은 시급한 화폐개혁 정책이었다. 중앙은행의 강력한 권고에도 불구하고 동독 주민들의 기대에 부응하기 위해 동독 마르크는 일대 일로 서독 마르크로 교환되었다. 이러한 화폐개혁 정책의 타당성에 대해서는 지금까지도 논란이 이어지고 있다. 물론 종국에 우리는 언제나 새롭게 다음과 같은 경험과 인식에 도달하게 된다. 일 대 일 교환은 당시 불가피했다고.

이러한 정책이 어떤 결과를 초래했는지는 동독지역을 방문하면 알 수 있었다. 화폐개혁 직후 주말을 이용해 나는 슈트랄준트 지역을 방문했다. 당시 그곳은 규모가 큰 조선소 공장 하나가 그 지역의 주 수입원인 상태였다. 나는 방청객 자격으로 그 업체의 모든 책임

부서가 참여하는 어느 협의회에 참석했다. 이 회의에는 경영진, 이사회, 노조, 경영자총연합회, 시장, 주정부 장관 등이 참석했다. 화폐개혁 과정에서 생필품 가격이 급등했다. 따라서 이 조선소 공장은 이에 합당하게 임금을 인상해줘야 했다. 이 공장은 제품을 잘 만들었고 수주 실적도 좋았다. 그러나 주 고객들이 예외 없이 동유럽권 국가들이던 관계로 조선소가 화폐개혁 후 조선소 직원들의 실질임금을 인상해주기 위해 필요한 만큼 수입을 올릴 수 있는 형편은 아니었다.

참석자 모두 해법을 모색했기 때문에 회의 전체 과정은 내게 깊은 인상을 남겼다. 개별적인 조정안이 합의되었다. 그러나 화폐개혁으로 나타난 구조적인 문제들은 제품의 품질과 종업원들의 경험 축적을 바탕으로 경화(硬貨)를 사용하는 지역에 자체 고객들을 확보한 새로운 소유주가 서독에서 나타난 뒤에야 비로소 해결되었다.

전체적으로 보았을 때 화폐개혁은 노동시장과 고용환경에 일대 타격을 주었다. 재차 강조하자면 그런 후유증은 정말로 피할 수 있었을까? 시간이 좀더 많이 있었다면 점진적으로 유연한 화폐개혁을 해야 한다는 전문가집단의 조언을 따르기가 쉬웠을까? 그러나 그러한 시간 여건에 의존할 수 없는 충분한 이유들이 있었다. 핵심 목표는 결국 통일 자체였다. 여기에는 국제사회의 동의가 필수적이었고, 고르바초프 체제하 소련의 동의 여부가 관건이었다. 그러나 고르바초프는 1990년에 당시로서는 결과가 불투명해 보이는 신임투표를 앞둔 상황이었다. 이런 배경에서 독일정부는 매사를 서둘러야 하는 상황이었고, 화폐개혁 작업도 예외가 아니었다. 리하르트 슈뢰더는 이런 상황을 다시금 압축해 표현했다. "거의 망한 경제를 안고 소련의 위성국가로 있느니, 경제가 망하더라도 통일의 길로 가겠다."

소유권문제도 매듭지어야 했다. 여기에는 동독 경제에서 국영화한 기업들의 '보상 이전에 반환' 원칙과 토지개혁 초기 당시 몰수된 토지의 반환문제가 있었다. 법의 평화(Rechtsfriede)가 보증되어야 했다. 국가 소유 재산에 대한 수탁행정을 위해 새로운 기구가 출범했는데 이것이 바로 신탁관리청(Treuhand-Anstalt)이었다. 모든 현안들에 대해 해결방안을 모색했으나, 해결책이 없는 경우 실망감도 꽤 컸다.

통일조약을 준비하는 과정에서 베를린도 함께 거론되어야 했지만, 이는 베를린의 분할통치가 여전히 4대 승전국의 상징적인 전리품 역할을 했기 때문에 매우 어려운 일이었다. 동독정부는 통일조약에서부터 베를린을 통일독일의 수도로 정한다는 것을 양해해야 한다는 자신들의 분명한 기대감을 일찌감치 언급했다. 서독정부의 협상책임자인 쇼이블레 내무장관은 이에 반해 협상의제를 제한할 것을 추천했다. 협상 초기부터 불필요한 장애요인들을 만들지 말자는 입장이었다. 후일 통일의회가 구성되면 중요한 결정들을 내리도록 하자는 것이다. 이런 맥락에서 쇼이블레는 통일 이후의 수도를 정하는 것은 통일의회의 과제에 해당한다고 주장했다. 그는 적어도 시한을 정해서 일을 처리하는 것이 낫겠다는 의견을 냈다.

통일수도문제를 통일조약에서부터 최종 마무리해야 하는지에 대해 나는 거의 걱정하지 않았다. 왜냐하면 나는 베를린이 다시 수도가 될 것이라는 데에 한번도 의심해본 적이 없었기 때문이다. 그러나 나는 이 문제와 관련해 사회여론과 정당 간에 벌어진 논쟁의 강도를 가볍게 본 것 같다.

내 입장에서는 독일 역사에서 베를린의 역할과 2차대전 후 베를린의 상징성을 생각한 것이다.

베를린은 역사적으로 언제나 세상에 열려 있었다. 프랑스, 보헤미아, 슐레지엔과 동부지방, 폴란드에서 온 수많은 이주자들이 정착한 곳으로, 망명객들에게는 새로운 고향이 되었다.

베를린은 과거 프러시아 지방 밖에서는 그리 환영받지 못했다. 프러시아 개혁자들도 베를린을 독일의 정치 중심지로 만들지는 않았고 그 대신 정신운동의 시발지로 만들었다. 훔볼트, 헤겔과 피히테, 슐라이어마허와 랑케와 같은 형제들은 베를린의 명망을 높인 인물들이다. 베를린은 학문의 중심지가 되었고 유럽의 대표 산업도시 중 하나가 되었다.

베를린이 1933년에 등장한 나치체제의 권력 중심지가 되고 이어 촉발된 2차대전과 홀로코스트의 핵심지가 되어가는 것을 주도한 이는 베를린의 시민들이 아니었다. 1933년의 정점에 다다르기까지 히틀러 세력의 투표 득표율이 가장 낮은 곳 중의 하나가 바로 베를린이었다. 우리가 기념하는 7월 20일 히틀러 저항 운동도 사실은 베를린과 밀접한 연관이 있다.

독일이 2차대전에서 항복하고 며칠 후 『뉴욕타임즈』는 베를린이 이제 카르타고와 같은 운명을 당해야 한다며, 완전히 깔아 뭉개져야 되고 폐허조차 남겨서는 안 되며 완전히 잊혀져야 한다는 기사를 실었다.

1948년 스딸린은 서베를린을 완전히 봉쇄하고 물건들을 수령하려고 했다. 그러나 결과는 정반대였다. 스딸린의 서베를린 봉쇄로 서방 동맹국들은 유대를 강화하는 역사적이며 인도적으로 결정적인 경험을 하게 되었다. 봉쇄를 끝내기 위해 서방국가들이 내민 도움의 손길은 감동적이었다. 이는 자유와 민주주의 수호를 위해 함께 맞서는 경험이었다. 독일인들에게는 미국과 유지하는 우호관계가 베를린 항공수송과 함께 시작된 것이다.

베를린은 우리 독일인들에게 통일의 상징적 담보물이었다. 존재 자체만으로도 베를린은 독일의 통일문제를 생동감 넘치게 각인시켜주었다. 서베를린의 존재와 그곳의 삶의 방식 없이 통일로 가는 길이 어떤 모습이었을지 상상하기는 쉽지 않다.

그런데 이제 우리는 통일의 길로 들어섰다. 의심할 여지 없이 베를린이 수도로서 기능하는 데 반대하는 쪽에서 뼈대있는 논거들을 제시했다. 본은 서독의 정치적 중심지로서 위상을 획득했다. 우리의 정치적 신뢰는 지난 40년간 본에서 나왔다. 본이라는 이름은 독일 역사에서 한 장(Kapitel)으로 기록되어 있다. 그렇다면 왜 그곳[본]에 우리의 미래를 연결짓지 않는가?

그럼에도 나는 베를린이 다시 통일독일의 수도가 돼야 한다는 확실한 신념이 있었다. 나는 수도를 라인[본]에서 슈프레[베를린]로 재이전하는 과정에서 독일의 전통적 연방주의가 소홀히 다뤄질 것이라는 우려에 전혀 동의하지 않았다. 우리의 연방제 제도는 우리의 과거를 형성해왔고 현재와 미래에도 독일인들의 일상에 많은 영향을 줄 것이다. 이 점은 베를린이 수도가 된다고 해서 아무런 변함이 없을 것이다.

나는 대통령으로서 헌법상 수도 이전에 대한 공식적인 발언권은 없었지만 곧 공개적으로 강력히 발언했다. "우리는 베를린에서야말로 동서 양쪽으로 갈라져 있었으면서도 하나입니다. (…) 우리는 그 어느 곳에서보다도 베를린에서 분단이 어떤 의미인지 통감하게 되었습니다. 우리는 그 어느 곳에서보다도 베를린에서 통일이 우리에게 무엇을 요구하는지 알게 됩니다. 이곳이야말로 독일의 정치적으로 책임있는 지도부가 있을 자리이고, 지금 다가오는 미래 앞에서 특히 더더욱 그러합니다."

1년 후인 1991년, 독일 의회는 뜨거운 논쟁을 벌인 후 근소한 표차로 베를린을 수도로 결정했다. 이 과정에서 바이에른 출신 가톨릭 신도인 한스-요헨 포겔과 바덴 출신 개신교 신도인 볼프강 쇼이블레가 뜨거운 열정으로 베를린을 위해 몸을 던졌다.

자연스럽게 내가 한 발언들에 대해서도 저항들이 있었다. 재미있는 일화들도 있다. 본에는 정치인들의 왕래가 잦은 유명한 식당이 있었다. 그 식당의 주인은 식당 출입문 한쪽에 "바이츠제커 대통령과 그의 가족을 환영하지 않습니다"라는 글을 써 붙였다. 나는 이전부터 그 식당에 다니질 않았기 때문에 생활에 아무런 불편도 없었다. 베를린으로 수도를 이전한 후 이 사람은 곧바로 베를린 시프바우어담(Schiffbauerdamm)에 식당을 개업했는데, 식당 이름이 '상주대표부'였다. 베를린을 낯설어하고 본을 아직도 그리워하는 사람들이 초기에 저녁마다 문전성시를 이루었다. 이 식당은 본에서보다 영업이 더 잘 되었다. 하루는 내가 그 식당에 가서 주인에게 이렇게 말했다. "영업이 이렇게 잘 되시는데 지금도 저에게 출입을 금지하시 겠습니까?" 실제로 본은 수도가 베를린으로 옮겨진 후에도 전혀 쇠 락하지 않고 오히려 반대로 여전히 삶의 질이 보장되고 아주 생동감 넘치는 도시로 남아 있다는 것을 우리는 잘 안다.

개인적으로 베를린을 좋아한다는 것을 나는 이후에도 전혀 숨기 지 않았다. 나는 베를린에서 청춘을 시작했고 다시 베를린에 돌아와 인생의 황혼을 맞고 있다. 나는 베를린의 운명을 바이마르공화국과 히틀러 체제하에서 경험했고, 분단 상황과 통일 과정에서는 베를린 시장과 독일 연방공화국 대통령의 자격으로 함께 경험했다. 우리 가 족이 1927년에 베를린으로 이주해왔으니 벌써 80년 이상이 흘렀다. 이렇듯 나와 베를린 사이에는 진정 아름다운 우정과 인간적인 비극, 역사적 재앙과 독일 현대사의 결정적 순간들이 극단적 대립구조로 존재한다.

다시 1990년으로 돌아가, 수도 이전만큼 중요한 문제가 바로 헌법 이었다. 서독 기본법의 마지막 조항인 제146조에서는 독일 국민이 자유로운 의사결정으로 헌법을 정할 수 있는 가능성을 열어두었다. 그렇다면 이제 통일조약 제정과정이 이 법정신을 구현할 자리였을 까? 이것은 어찌 보면 국민들에게 통일 과정을 직접적으로 결정할 수 있는 커다란 역사적·정치적·인도적 기회를 제공했을지도 모른 다. 많은 사람들은 무엇보다 동독 주민들의 입장을 고려했을 때 그 들에게 기회가 주어지지 않았거나 또는 아예 전혀 진지하게 고려되 지도 않았다는 것을 가슴 아프게 느꼈고, 이는 충분히 공감이 가는 것이었다.

통일은 기본법 제146조가 아닌 23조에 의거해, 다시 말해 '흡수통일'(Beitritt) 형식으로 달성되었다. 이는 정도가 지나친 방식이었다. 결국 두 독일정부는 흡수통일이라는 방식에 합의했다. 이러한 방식이 불가피했던 것은 헌법학자들 때문이었다. 동서독이 공동으로 참여한 '헌법'위원회에서는 통일 후 기본법 수정안을 준비했다. 통일조약 내용에 대한 국민들의 표결은 통일 후 비로소 실시된 공동의 연방의회 총선을 통해서 가능했다.

제19장

통일의 빗장이 열리다:
국제정치 1989~90

동서독 양 정부 간의 통일조약은 1990년 늦은 여름에 마련되었다. 통일조약은 통일을 위한 결정적인 외교적 조치들을 취하는 데에 필요했다. 그런데 이 과정은 동서독정부와 4개 승전국이 참여한 '2+4 협상'에서 일찍이 시작되었다.

통일문제와 관련해 4개 승전국이 제시한 전제조건들은 국가 간에 차이가 있었다. 서방국가들 중에서는 무엇보다 프랑스가 관건이었다. 미떼랑 대통령은 독일 통일로 인해 프랑스가 승전국으로 누리던 위상을 상실하게 되리라는 것을 알았다. 이와 더불어 유럽 내에서 독일이 인구수나 경제규모 면에서 우세하게 될 것을 경계해야만 했다. 베를린장벽이 무너지고 몇주 후 미떼랑은 이미 그전에 예정되어 있던 동독 방문길에 올랐다. 동독 방문에 대해 나와 이야기할 때 미떼랑은 상황을 상당히 현실적으로 보고 있었다: 그는 통일 과정이 멈출 수 없음을 인식했다.

그는 승전국들이 독일 통일에 동의할 것으로 보고 유럽이 감당할 수 있는 범위 내에서 통일이 이뤄지도록 힘썼다. 결코 통일을 방해하려는 시도가 아니었다. 그는 평생 동안 역사의 힘(Kraft)에 대해 깊이 고찰해왔다. 그는 항상 새롭게 '역사의 책'에 대해 나와 대화를 나눴다. 1990년 그는 나에게 이렇게 말했다. "독일 통일은 역사의 책에 기록되었습니다."

미떼랑의 강력한 지원자는 유럽연합 집행위원회(Europäischen Kommission)의 자끄 들로어(Jacques Delors)였다. 들로어는 독일 통일이 유럽으로 통합하는 일과 분리될 수 없다는 점에 동의했다. 이후에도 들로어는 동독지역이 유럽으로 동화하는 데 모범적으로 기여했다.

영국은 당시 마거릿 새처가 수상 직에 있었으며, 그녀는 독일인들에 대한 거리감을 숨기지 않았다. 1989년 12월 초 열린 유럽 정상회의에서도 그녀는 독일 통일을 막을 수 있기를 바라는 것처럼 보였다. 결국 영국은 통일회담 과정에서 어떤 실질적 영향력도 행사하지 못했다. 이러한 과정에서도 대영제국이 유럽공동체(Europäischen Gemeinschaft)에 대해 느끼는 상대적인 거리감이 비록 일정하지는 않더라도 드러났다.

워싱턴은 독일 통일을 외교정책적으로 찬성하기 위한 2+4 모델을 준비하는 과정을 조기에 실무적으로 주도했다. 미국은 콜 수상의 10대 계획을 분명하고 성공적인 개념으로서 독일 통일이라는 조심스

럽지만 명료하게 표명된 목표로 이해하고 찬성했다. 미국정부는 서유럽의 연대를 전제했을 때 독일 통일의 목표에 처음부터 찬성하는 입장이었다.

서독의 겐셔 외무장관은 2+4 모델을 위한 준비회담을 성공적으로 이끌었다. 준비회담의 핵심은 동독과 서독이 2+4 협상에 주도적으로 참여할 수 있게 하는 것이었다. 이는 2차대전 후 승전국들의 독일 처리 협상장에서 증인 자격만으로 배석한 것과는 차원이 달랐다.

독일 통일에서 미국이 결정적으로 기여한 것은 소련의 동의를 이끌어낸 일이다. 협상의 성공과 실패가 무엇보다도 모스끄바의 입장에 달려 있었다는 것은 주지의 사실이었다.

고르바초프는 동서독의 접근과 통일을 결국 막을 수 없을 것이라는 점을 아마도 일찌감치 확신한 것 같다. 이로써 그는 통일독일이 NATO에 편입되는 것을 강력히 저지하고자 했다. 이에 대한 상반된 견해를 그는 1990년 4월 영국 외무장관 더글라스 허드와 만난 자리에서 '수용 불가'로 묘사한 바 있다.

이후 그는 미국 대통령, 외무장관 제임스 베이커, 국가안보보좌관 브렌트 스코우크로프트와의 회담에서 이 문제에 대해 직접 상의했다. 이 협상에서 그는 미국의 입장을 다음과 같이 이해했다. '한편으로는 독일이 동유럽과 서유럽 간의 중립국 위상에 있게 해서는 안 된다. 또다른 한편으로는 NATO와 바르샤바조약기구는 특별한 일이 없는 한 앞으로도 변함없이 존재할 것이므로 독일이 NATO로 편입되어야 하고 편입될 수 있다.' 이러한 전제하에 고르바초프는 결국 미국의 입장에 동의했다.

미국과 소련의 이 같은 논의방식은 지금의 관점에서 보면 쉽게 이해하기 어려운 부분이 있다. 냉전시대 말기에 독일 통일 과정과 이로 인해 결정적으로 쇠퇴하는 소련의 패권주의하에서 바르샤바조약기구가 변함없이 존립해나갈 수 있을지를 진심으로 전제할 수 있었을까? 사실 우리는 모두 바르샤바조약기구의 비(非)러시아권 회원국들이 EU 가입보다 훨씬 재빨리 NATO 가입 방법을 모색했다는 사실에 전혀 놀라지 않았다.

어쨌든 고르바초프는 당시 워싱턴에서 치른 회담의 기억을 지금까지도 변함없이 옹호했다. 독일이 통일된 지 20여년이 지난 2008년 가을 모스끄바 소재 독일역사연구소에서 열린 공개토론회에서 그는 다시 한번 자신의 변함없는 입장을 강력히 주장했다.

1990년 여하간에 두 결정적인 통일 협상들이 성공적으로 마무리되었다. 동서독 간의 통일조약은 1990년 8월 31일 서명되었다. 이 과정에서 가장 크게 공헌한 인물은 당시 서독 내무장관인 볼프강 쇼이블레다. 이어서 2+4회담은 외무장관 겐셔의 공로로 유종의 미를 거두었다. 1990년 10월 3일은 통일의 날로 지정되었다.

제20장
러시아와의 관계

러시아와 독일 사이의 곡절 많은 기나긴 역사를 언급하지 않고는 1990년의 2+4회담에서 모스끄바가 보인 태도를 쉽게 이해할 수 없을 것이다. 이러한 역사적 함의는 종종 두 나라 민족 간의 복잡한 관계를 좀더 정확히 보는 데 도움을 준다.

러시아가 우리 독일인들에게 원한이 있는 것은 아니라는 사실은 늘 반복적으로 느낄 수 있었다. 러시아인들은 종종 우리 독일인들을 동등한 국가로 인식했다. 한가지 결정적 차이가 있다면 러시아가 독일과의 전쟁에서 승리했다는 사실이다. 러시아인들은 독일과의 전쟁에서 엄청난 고통을 받았다. 그러나 그들은 우리 독일인들에게 그들이 얼마만큼 상처 입었는지를 끊임없이 재확인하도록 요구하지 않았다. 결국 그들은 막대한 희생을 치르고서도 '위대한 조국 전쟁'

을 승리로 이끌었으니 말이다.

비록 러시아와 독일은 일시적으로 좁은 지역에서만 국경선을 마주한 적이 있지만, 정서적 유대는 서로 강하게 유지되어왔다. 러시아와 독일의 관계는 천년 이상의 역사, 즉 유럽의 뿌리로 거슬러올라간다. 콘스탄티노플에서 세례를 받은 끼예프의 올가 왕후는 당시 이미 독일의 오토 1세 황제와 서신을 주고받았다.

많은 세대를 거친 뒤 러시아의 로마노프 왕조는 자녀들의 배우자를 독일 개신교 집안에서 찾았다. 카타리나 대제는 안할트 출신의 공주였다. 이 모든 것이 두 나라 민족 간의 감성적 공감에 적지 않은 영향을 끼쳤다. 2008년 베를린에서 아주 흥미로운 전시회가 열렸는데, 행사 제목은 '권력과 우정'이었다. 전시회는 19세기를 중심으로 한 러시아와 프로이센 귀족 집안들 간의 긴밀한 관계가 주내용이었다.

우리가 오늘날 대(對) 러시아 관계를 말할 때, 우리는 독일의 만능 학자 라이프니츠까지 거슬러올라갈 수 있다. 라이프니츠는 1700년 경 러시아 뾰뜨르대제와 긴밀한 협력관계 속에 러시아의 법무체계 개선안을 제안하고 학술원 설립을 추천한 인물이다. 또한 헤르더(G. Herder)는 우리에게 러시아가 동쪽의 대제국이라는 인식을 하게끔 하는 데 크게 기여했다. 이와 반대로 임마누엘 칸트에 대한 러시아인들의 지대한 관심은 소련 시절에까지 지속되었다. 이는 오늘날 쾨니히스베르크에 있는 칸트 생가의 성당과 무덤을 방문하는 모든 이들에게서 다시금 드러난다. 쉴러에 대한 러시아인들의 관심도 결코 적지 않았다. 베토벤의 「장엄(莊嚴) 미사곡」(Missa Solemnis)도 1824

년 상뜨뻬쩨르부르그 오케스트라에 의해 초연되었다. 프로이센의 대건축가 쉰켈은 러시아 황제의 여름 궁전을 설계했다.

러시아의 위대한 음악과 문학 작품에 대한 독일인들의 사랑은 러시아에 대해 독일인이 품은 이미지를 지배해왔다. 19세기 뿌슈낀에서 체홉에 이르기까지 소설과 우화 등 명작들은 많은 독일인들에게서 금세기 최고의 걸작이라는 평가를 받았다. 나는 똘스또이의『전쟁과 평화』를 전쟁 중에 군장에 넣고 다녔다. 독재와 강제수용소(GULag)로 점철된 20세기 러시아 작품들도, 그중에서도 특히 불가꼬프에서 만델슈탐을 거쳐 쏠제니찐까지, 우리의 사랑을 한 몸에 받는 문학작품들이다.

그런데 2차대전의 경험만큼 두 민족 간의 이미지에 영향을 끼친 것은 또 없다. 러시아인들에게는 '위대한 조국 전쟁'이었다 하지만, 이는 독일인들의 뇌리에도 동부전선의 전율로서 수십년간 남아 있었다. 우리가 촉발한 불의와 폭력이 결국 우리 자신들에게 되돌아오게 되었다는 것을 우리는 쓸쓸히 경험해야 했다. 죽음, 파괴, 강제이주가 그 결과물이었다. 러시아도 피해가 컸으며 특히 1944~45년의 베를린 진격의 피해는 적지 않았다.

이런 배경에서 나는 1990년 이후 러시아 부대가 동독에서 철수할 때 '러시아군 서부사령부' 사령관이던 부를라꼬프 장군과 합당한 합의가 이루어지는 것을 중요하게 생각했다. 동독 주민들은 러시아군의 철수에 안도의 한숨을 내쉬었다. 그리고 군인들을 따뜻하게 환송했다. 우리는 독일에 묻힌 수많은 러시아 전사자들을 잘 보살피기로 약속했다. 나는 "이런 의미에서 당신들의 전사자들은 우리의 전사자들이다”라는 말로 부를라꼬프 장군을 환송했다.

나의 1968년 첫 소련 여행의 목적은 모스끄바와 짜고르스끄에서 러시아정교 대주교와 만나는 것이었다. 모스끄바에서 러시아정교의 대외관계를 맡고 있던 니꼬딤 대주교는 당시 나와 함께 세계교회연합 집행위원회에서 활동했다. 러시아정교와 접촉하면서 나는 내가 품어온 러시아에 대한 이미지에 많은 변화를 경험했다. 특히 냉전시대에, 그것도 스딸린 후계자들의 권력하에서.

이후 1973년, 서독 국회 대표단의 첫 소련 방문이 이뤄졌다. 현역 의원 다섯명으로 구성된 대표단의 단장은 당시 국회의장인 안네마리 렝어 여사였다. 이때 헤르베르트 베너도 동행했다. 당시 우리는 레닌그라드에서 이틀 동안 시간을 보내기도 했다. 독일군의 점령 기간 동안 혹독한 추위와 굶주림으로 사망한 47만명의 시신이 묻혀 있는 뻬스까렙스꼬예 공동묘지 방문은 지금도 잊을 수 없다. 1941년에서 44년까지 일어난 잔인한 고통의 참상이 한눈에 들어왔다. 묘지 안내인은 ‘야만인들’의 짓이라고 표현했다. 그렇다면 독일인은 야만인.

이날 저녁 우리는 레닌그라드 정치국의 초청을 받았다. 우리 일행은 내게 간단한 초청 답례인사를 준비하라고 했다. 무엇을 말해야 하나? 나는 나 자신의 과거에 대해 말했다. 나는 솔직하게 나 역시 포츠담 출신의 젊은 보병으로 참전해 러시아에 대항해 싸운 야만인 중의 한 사람이었었다고 밝혔다. 라도가 호수 남쪽에서 우리는 치열한 백병전을 벌였다. 쌍방 간에 엄청난 피해가 발생했다. 이 도시의 사람들이 얼마나 끔찍한 운명에 처해 있었는지 우리 군인들은 전혀 몰랐다. 전쟁이 끝나고서야 비로소 레닌그라드 시민들이 겪은 고통의 참상이 점차 외부에 알려졌다. 끔찍한 일이었다.

당시 나의 이런 발언들이 냉전체제하에서 과연 시의적절했을까? 그러나 우리가 과거에 직접 경험한 것을 우리 후대에 다시 반복되지 않도록 하는 데 책임을 다하기 위해서 여기에 왔다고 밝히는 것 외에 1973년에 있었던 양국 간의 교류가 어떤 다른 의미를 지닐 수는 없었다. 이런 연유에서 나는 아주 기탄없이 내 개인적 경험을 말한 것이다.

잠시 침묵이 흐른 뒤 소련 측 인사들은 나의 생각을 수용하고 우리 측과 점점 더 솔직하게 대화를 이어나갔으며 서로 인간적인 친밀감마저 느낄 정도가 되었다. 소련 측의 한 인사는 당시 자신이 속해 있던 부대가 레닌그라드 동남쪽에 있었다면서 자신과 내가 당시 전선에서 서로 겨눌 뻔했다고 내게 말했다. 우리는 이제 서로 평화롭게 마주보고 앉아 미래에 대한 책임을 통감했다. 그날 저녁의 초청 행사는 놀랍도록 순조롭게 진행되었다.

러시아는 긴 역사를 통틀어 안전판을 확보하기 위해 전략적 전선을 점차 전면에 배치해왔다. 이를 인접국들이 좋아할 리 만무했고, 정반대로 깊은 불신의 벽이 세워졌다. 소련이 붕괴되면서 수백년간 지속되어온 이러한 팽창은 부분적으로 되돌려졌다.

소련 해체 후에도 여전히 대(大) 러시아 및 과거 소련과 짜르 제국에 속했던 군소 인접국가들 간에는 미묘한 예민함이 남아 있다. 이 군소 인접국들이 러시아의 위협에서 자신들을 보호하기 위해 동맹〔NATO〕에 가입하고자 하는 것은 적잖이 당혹스럽다. 하지만 이 국가들이 러시아와 관련해 지금까지 겪은 경험을 고려한다면 이는 놀랄 일이 아니다. 소위 말하는 러시아의 '가까운 외국'들과 러시아의 관계에는 우리 정치권이, 우리가 모두 풀어나가야 할 커다란 과제들이 아직도 남아 있다.

제21장

통일 달성과 자유 회복: 1990년 10월 3일

1990년 10월 2일에서 3일[통일기념일]로 넘어가는 자정 무렵에 우리는 동서독 할 것 없이 모두 베를린 제국의회 앞에 모였다. 수많은 군중 앞에서 나는 헌법 전문과 헌법 규정에 의거해 외쳤다. "우리는 자유로운 의사결정 속에서 통일과 자유를 완결하고자 한다. 우리는 주님과 인류의 보편적 가치 앞에서 우리가 풀어나가야 할 과제들에 대한 책임을 통감한다. 우리는 통일 유럽에서 세계평화에 기여하고자 한다."

10월 2일 저녁에 우리는 베를린 시내 중심부 겐다르멘 마르크트 광장에 있는 극장에서 동독의 마지막 총리인 로타 드 메지에르의 힘있는 연설과 베토벤의 9번 교향곡을 들었다. 「환희의 송가」가 이 순간만큼 잘 어울린 때가 언제 있었는가?

10월 3일 우리는 베를린 필하모니 홀에 다시 모였다. 우리는 통일 기념식을 거행했다. 나는 그 자리에서 연설해야 했다.

두번 다시 있을 수 없는 기념식이라는 점을 나는 잘 알았다. 내 연설의 핵심 요지는 다시금 바로 기본법 전문에서 취했다. 얼마 전까지만 해도 전문에서 언급된 희망사항들은 유토피아적인 울림이 있었다. 그런데 이것들은 이제 실현된 것으로 보였으며, 동시에 피해 갈 수 없는 임무로까지 느껴지기도 했다.

통일은 우리 독일인들에게 민족국가의 복원을 의미하는 역사적인 놀라움 자체였다. 또한 통일은 민족국가 모델이 아직 유효하다는 것을 보여주었다. 그러나 민족국가만의 길, 혼자만의 길은 아무도 원하지 않았다.

이런 배경에서 나는 유럽 통합 작업이 지속되어야 한다고 주장했다. "처음으로 우리 독일인들이 유럽의 현안에 논쟁거리를 제공하지 않습니다." 우리는 이렇게 생각했다. "우리의 통일은 그 누구에게도 강요된 것이 아니며 평화롭게 합의된 것입니다. 독일 통일은 민족의 자유와 유럽 대륙의 새로운 평화질서 정착을 목표로 하는 유럽 역사발전 과정의 한 부분입니다. 이러한 목표에 우리 독일인들은 기여하고자 합니다. 우리 통일은 이에 봉헌합니다."

유럽 집행위원회의 자끄 들로어 집행위원장이 필하모니 행사에 함께 참석했다. 그는 참석자들에게서 열렬히 환영을 받았다. 나는 우리 독일인들이 〔유럽〕공동체를 강화하기 위해 어느 누구보다도 많이 기여함으로써 우리 자신의 이익에 가장 잘 기여할 수 있을 거라고 확신했다. "훗날 언젠가 전유럽 통합의 결정적 순간은 독일 분단을 극복함으로써 시작되었다고 할 때 우리는 우리의 임무를 다한 것이라 할 수 있습니다."

'전체 유럽'과 전유럽적 통합 과정에는 당연히 동유럽도 고려해야 했다. 아직도 독일과 폴란드 간의 국경선 인정에 대한 협정이 체결되지 않은 상태였다. 독일 통일이 되어서야 비로소 결정적으로 국제법적 토대가 마련되었다. 일부 국회의원들은 계속해서 유보적 입장을 취했다. 이런 이유에서 나는 강제이주민들의 운명을 다시 한 번 상기시키는 것이 중요하다고 생각했다. "자신의 고향을 잃는다는 것은 당사자들에게 이루 말할 수 없이 힘든 일입니다. 이런 측면에서 본다면 국경선에 대한 갈등은 참으로 의미없는 일입니다. 오히려 국경이 더이상 분리의 선으로 인식되지 않게 하는 것이 더 절실합니다. 독일의 모든 국경은 인접국들과 이어주는 가교가 되어야 합니다. 이것이 바로 우리의 의지입니다." 독일 통일을 이루는 데에 동서독과 인접국들, 동맹국들의 공동의 노력이 있었다. 나는 고르바초프와 헝가리, 폴란드, 체코슬로바키아 국민들, 서방의 친구들과 동맹국들의 기여에 경의를 표했다. 무엇보다 용감한 동독 주민들에게 사의를 표했다.

"우리가 국민이다"라는 단순한 이 말은 평화적·공화주의적 혁명을 상징하는 것이었다. 동독 주민들의 이러한 업적에 진정 경의를 표한다.

다음으로 나는 이제 우리 앞에 어떤 과제들이 있는지에 대한 생각들을 언급했다. 독일 통일은 우선 헌법적 측면에서만 이뤄진 것이었다. 중요한 것은 이제부터 취하는 행동이었다. 아직도 우리는 많은 것들이 서로 달랐다. 동독인들에게 통일은 일상의 완전한 변화를 요구하는 과정이었다. 동독인들이 통일 후 겪은 힘든 노력들을 서독인들이 받아들이고 인정하는 것이 중요한 일이었다. 구동독의 너무나 불안정한 경제체제의 여건 위에서 성장한 연대정신을 다시 상기시켜야 했다. 오늘날에도 우리는 특히 동독에서 성장한 사람들 중 많은 이들의 협동의식과 동료의식이 얼마나 강하고 그들이 자신을 내세우지 않고 얼마나 겸허하게 낮출 줄 아는지 자주 볼 수 있다. 그들에게서 우리는 많은 것을 배워야 한다. 동독의 체제는 붕괴했다. 하지만 사람들은 나름의 관점과 능력이 있다.

동독지역의 발전 비용을 놓고 몇주 전부터 논란이 지속되고 있었다. 기념사를 다음의 말로 이어갈 때 홀에 있는 사람들이 기대에 차 귀를 기울이고 있었음을 느낄 수 있었다. "어느 누구에게서도 무엇을 빼앗아서는 안 되며 늘어난 이득을 분배하는 것이 중요하다는 의견을 우리는 오늘날 종종 듣게 됩니다." 그런데 실제로는 결국 "하나가 된다는 것은 함께 나눔을 배우는 것입니다"라는 통찰을 할 수밖에 없게 된다.

나눔은 물질적인 것만을 의미하지는 않는다. 서로 나눌 때 진정 상대의 가치를 알게 된다는 근본적인 경험이 중요한 것이다. "우리는 서로 온정을 나눌 준비가 되어 있을 때 비로소 진정 하나가 되는 것입니다." 이것은 많은 사람들이 원하는 것이기도 하다. 나의 기념사 전문은 이 책 부록에 수록되어 있다.

제22장

동서독 통합의 여정: 1990~2009

1990년 10월 3일 이후 진정한 작업이 시작되었다. 자유를 쟁취하는 것이 목적이었던 시절에 사람들은 무엇을 경계해야 하고 또 무엇을 해야 하는지를 분명하게 알았다. 통일 과정에서 이제 우리는 모두 자유를 되찾았다. 앞으로 해야 할 과제는 그 자유 안에서 굳세게 서는 일이다. 지금까지도 쉽진 않았지만 앞으로도 대단히 어려운 과정이 될 것이다. 오늘날까지 그러하다.

동서독의 두 체제는 통일되었으나 서로 출발점이 너무 달랐다. 우선 양쪽의 면적부터 너무 달랐다. 5분의 1이 5분의 4와 합쳐 1을 이룬 것이나 다름없는 형국이었다. 동독의 국가체제는 붕괴 직전으로 치달았으나 서독의 상황은 안정적이었다. 게다가 동독은 국가 부도 상황이었지만 서독의 재무구조는 튼튼했다. 일반 국민들이 인식하는 상황은 손에 잡힐 정도로 현실적인 문제들이었다. 한쪽은 모든 것이 기존의 틀에 따라 지속될 수 있었던 반면, 다른 한쪽에게는 통일이 매일매일 되풀이되는 힘겨운 과정이었다.

내가 연방 대통령이었을 때 나는 동독지역의 한 여성에게서 편지 한통을 받은 적이 있다. 그녀는 동독인들이 모두 다시 찾은 자유에 대해 깊이 고마워한다고 적었다. 그러나 그 많은 변화들이 정신을 그렇게 갉아먹는 일이 될 줄은 전혀 예상하지 못했다고 했다. 모든 것이 예전과 다르다면서. 특히 새로운 체제에서 개개인에게 필요한 판단과 능력이 많은 부담이 된다고 했다. 전에는 모든 것이 정해져 있어 거기에 따르기만 하면 됐다면서. 아이들의 양육문제에서 노후, 교육, 직장 문제에 이르기까지 이제는 모든 것을 각자가 알아서 스스로 결정할 수 있고 결정해야만 하는 상황이라고 했다.

메클렌부르크의 한 시민이 보내온 편지에는 "전에는 비록 〔생활〕수준이 낮았지만 서로 엇비슷한 처지에서 모두 일자리 하나씩은 있었다"는 푸념이 들어 있었다. 다수가 자신들의 방식으로 체제에 대체로 적응하고 있었고, 비록 각 개인이 가질 수 있는 독자적 공간은 적었지만 모두 나름대로 일상에 적응하고 있었다는 것이다. 또다른한 시민은 그토록 갈망한 자유가 동반하는 힘겨움을 편지에 묘사하면서 "우리의 영혼은 아직 당신들〔서독〕에 이르지 못했다"는 고백을 덧붙였다. 영혼이 우리에게 이르지 못했다는 건 무슨 말인가? 왜 우리의 영혼은 그에게 이르지 못했는가? 그〔동독 사람〕가 우리에게 도달하는 통일의 여정을 설마 혼자서 다 걸어와야 하는 것은 아니잖은가. 통일을 이루기 위해서는 서로 다가가야 하는 것이다. 그러나 이를 위해서는 동서독 양쪽이 어마어마하게 노력해야 한다.

새롭고 자유로운 사회체제는 과거와는 완전히 달랐고, 각 개인은 낯설고 힘든 여건 속에서 자신과 관련된 거의 모든 것을 스스로 결정해야 했다.

통일 이후 곧바로〔파급력이 큰〕경제적·사회적·정치적인 결정들과 상황 변화들이 뒤따랐다. 이것은 또다른 대안이 있거나 피해갈 수 있는 것들이 아니었다. 가장 시급한 현안은 점점 늘어나는 동독 젊은이들의 서독 이주 물결에 적절히 대응하는 것이었다. 이와 관련된 본질적 문제는 동독지역의 엘리뜨 유출이라는 점이었다. 이것은 정치 지도자들이 빠져나가는 것이 아니라 학문, 의학, 교육, 직업훈련, 간호, 부양 등 모든 분야에서 수많은 필수 전문인력을 잃는 것을 의미했다. 수많은 동독의 젊은 전문인력들은 서독에서 새로운 기회를 찾고자 했다.

이것은 냉전 이후 다른 구 동유럽권 국가들에서는 일어나지 않은 현상이다. 왜냐하면 이 국가들의 젊은이들에게는 동서독에서처럼 한 나라 안에서 동서 간에 이주할 수 있는 선택의 여지가 아예 없었기 때문이다.

이 시기에 서독에서 동독으로 이주하는 사람도 꽤 많았다. 사회 변화를 능동적으로 유도하는 것은 어려운 과제지만, 이를 적시에 정확히 인지하는 것은 중요한 문제다. 그런데 각 개인은 누구를 통해서 어떤 동기에서 움직이는 것일까? 이러한 흐름의 주류를 이룬 것은 동독에서 새로운 가능성을 보고 서독에서는 얻을 수 없던 기회를 찾아 나선 서독인들이었다는 평가가 내려지곤 했다.

그러나 이 문제와 관련해 우리는 좀더 신중하게 판단할 필요가 있다. 실제로 자신의 경력을 위해 서독을 떠난 사람들도 있겠지만, 절대 다수 사람들은 이와 반대의 상황이었다고 생각한다. 동독으로 간 대다수의 경우는 전문가들, 높은 직책의 사람들, 자신들의 실무지식으로 동독 재건에 순전히 기여하고자 한 사람들이었다. 예를 들자면 판사, 행정관료, 교사, 경제 전문가, 동독에서 오랫동안 찾아보기 힘들었던 기업의 중간관리자급 인력들이었다. 동독지역을 방문할 때마다 나는 전문지식이 풍부하고 사려깊은, 서독에서 온 수많은 동독 재건 인력들을 만났다. 민간 공익재단과 단체도 다수 있었다. 동서독 분단 기간에 맺은 도시 간 자매결연도 동독 재건에 탁월한 기여를 했다.

단순히 숫자로만 보았을 때, 2000년 이후 동독의 이주민보다 매년 서독에서 동독으로 옮긴 이주민이 더 많았다. 그리고 그중 다수 인사가 확고한 신념과 열정이 있는 고급인력이었다. 이러한 현상은 동독지역의 경쟁력을 눈에 띄게 높여주는 계기가 되었다.

동독지역의 실업률 증가는 오점으로 느껴졌다. 어찌 이와 다를 수 있었겠는가? 공동체의 온기와 안락함에 비해 시장경제는 냉정한 느낌으로 다가왔다.

분단의 시기에 서독처럼 동독에서도 비슷한 이유에서 실업문제가 있었다. 이를테면 기술발전이 노동을 대신하는 경우가 있었다. 서독에서는 일반적으로 일자리를 단순히 없애버린 반면에 동독에서는 그렇게 하지 않았다. 일자리를 계속 유지했다. 비록 서류상 기록되지는 않았지만 이것은 회사나 공장 안에서 실업(무노동)을 양

산했다. 베를린장벽이 무너지기 수년 전에 드레스덴에서 한스 모드로브 당서기를 방문한 적이 있다. 나중에 1989~90년에 동독 국무총리를 지낸 그는 나에게 서독의 증가하는 실업률에 대해 비판하더니, 마지막에 가서는 동독에서 집계되지 않은 숨겨진 실업률 체계의 문제점을 솔직하게 시인했다. 〔이러한 체제하에서〕 개개인은 실업의 고통을 면했지만, 국가적으로는 예산 운영의 부담이 늘어났다.

통일 후 특히 시장경제로 이행하는 일은 동독 사람들에게 힘겹게 다가왔다. 많은 젊은이들이 서독으로 이주하여 직업적 활로를 찾을 수 있었지만, 고용 상황이 악화할수록 사람들의 상처는 커져만 갔다. 일례로 부모가 갑자기 일자리를 잃었을 경우 이는 자식들에게 뭐라 형언할 수 없는 것이었다.

노동시장은 앞서 묘사한 것처럼 화폐개혁과 대처하기 어려운 그 후유증으로 인해 안정성을 잃었다. 또한 노사 간의 임금갈등과 이의 조정 난항으로 어려움이 가중되었다. 임금투쟁은 동독사회의 특성상 이전에는 별다른 영향력이 없었다. 하지만 서구식 관리 기조의 노동조합과 고용주가 등장하면서 때로는 너무 빠르다 싶을 정도로 임금인상(상향평준화) 정책이 추진되었다. 이는 인간적인 면에서는 납득할 수 있지만 국가경제적 관점에서는 너무 조급한 것이 아니었는지 생각하게 된다.

이로 인해 주요 서독 산업 지역들이 보호받게 되는 것과 같이 산업경쟁에서 바람직하지 않은 현상들이 나타나기도 했다. 서독 기업들은 동독지역에서 성급하게 도입된 임금정책의 악영향으로부터 적잖은 이윤을 취하곤 했다.

이러한 상황에서 국유재산을 동독지역으로 이전하는 일이 시급했는데, 물자들은 우리가 기대한 경제발전보다는 소비에 더 많이 흘러들어갔다.

통일 후 걸어온 지난 20년의 시간을 회고해보면, 서독사회 내에서 일어난 통일비용에 대한 뜨거운 논쟁을 상기하지 않을 수 없다. 하나가 된다는 것은 곧 나눔을 배우는 것이다. 이것은 동독의 마지막 총리 로타 드 메지에르와 내가 1990년 10월 2일과 3일 통일 기념행사에서 누차 공히 강조한 내용이다. 나는 즉시 동독사회의 발전기금을 서독 시민들이 직접 부담하는 방식을 제안했다. 서독 사람들은 종전 직후 실향민 수백만명이 발생했을 때 이미 그렇게 한 경험이 있었다. 당시 물질적 지원은 더 깊은 의미가 있었다. 물질적 지원을 통해서 민족적 연대감과 단합 효과가 더욱 또렷하게 나타났다. 운 좋게 서독에 살고 있던 사람들과 고향을 잃고 깊은 시름에 빠져 있던 사람들 간의 관계가 더욱 굳건해진 것이다.

동서독의 통일은 서로 다른 조건하에서 이뤄졌다. 하지만 여기에서도 균등한 조정이 필요했다. 역사의 발전은 동서독 주민들에게 각기 다른 인도적·물질적 부담을 지웠다. 통일은 국가적으로 단순히 익명의 연대를 형성하는 것, 그 이상의 것을 필요로 했다. 바로 이것이 나의 모토였다. 이를 위한 연대의식은 이미 존재했다. 그렇다면 왜 우리는 그것을 공개적으로 외치지 않았는가?

서독 정당들의 수뇌부들 사이에서 곧바로 이와 관련한 격렬한 논쟁들이 벌어졌다. 헬무트 슈미트 전 수상은 헬무트 콜정부의 통일정책 전반에 대해 강력하게 지지의사를 표명한 인물이다. 그는 콜 수상이 1989년 말 발표한 통일 10대 비전의 내용을 지지했다. 그런데 슈미트 전 수상은 베를린장벽이 무너졌을 때 콜 수상이 국민들을 향해 '피, 땀, 눈물'을 연설하기를 기대했다. 그는 1940년 5월 프랑스 패전 후 영국이 히틀러-독일과 치른 전쟁에서 유일한 국가로 남아 고립과 위협에 처해 있을 때 윈스턴 처칠이 남긴 유명한 연설을 떠올린 것이다. 슈미트 전 수상은 당시 서독정부에서 처칠의 연설 같은 호소가 나온 적이 없을 뿐만 아니라 서독정부가 동독의 발전 상황을 너무 미화했다고 강력히 비판했다. 당시 서독정부는 국민들에게 통일로 말미암아 개인적 희생이 뒤따르거나 조세가 인상되는 일은 없을 것이라고 약속했다.

아무도 서독정부가 동독지역의 재건을 위해 노력한 점과 그동안 이룬 성과에 대해 의심할 수는 없다. 다른 한편으로 1990년 12월 총선 일정이 바로 코앞에 잡혀 있었다. 이때 서독 유권자들의 지지를 확보하기 위해 재건을 위한 희생보다도 생활의 안정이 더 강조되었다. 통일 후에 처한 현실을 제대로 인식하는 데는 시간이 꽤 걸렸다.

1990년 이후 매년 광범위한 물자 이전이 이뤄졌다. 자금은 대체로 국가의 일반 재정자금에서 충당했지만 다른 곳에서 끌어오기도 했다. 점차 서독인들은 세금과 공과금 인상뿐만 아니라 보험료 인상, 공적 지원금 축소, 국가 채무금 상승으로 인한 대출이자 상승 등을 피부로 느끼게 되었다.

통일비용은 여전히 엄청난 규모로 남아 있다. 이것은 수십년이 지나고 난 후에 청구된 전쟁피해 보상금이었다. 그러나 이 돈은 승전국으로 가지 않고 독일 내에 머무르는 것이었다.

우리는 이 점에 대해 고마워해야 했다. 우선 식수 확보, 폐수 처리, 가스관, 통신시설, 도로, 철도 등 간접자본 확충에 투자가 이뤄졌다. 이러한 간접자본 확충 면에서 동서독의 통일은 거의 완성되었다. 동독의 교육제도가 개편되었고 대학교육 개혁도 이뤄졌다. 특별히 관심을 쏟아야 하는 분야는 심각한 수준에 이른 환경오염의 해결이었다. 무엇보다 우라늄 광산이 심각한 문제였다. 엘프 다리를 건너면서 비터펠트 지역의 화학공장 지대에서 내뿜는 회색빛 연기가 하늘을 온통 뒤덮고 있던 과거를 현재 모습과 비교하면 얼마나 많은 개선이 이루어졌는지 금세 알 수 있다.

주택문제는 어느정도 해결되었다. 도시와 시골 지역에서 주택 개보수 운동이 큰 성과를 거두었다. 사회보장제도를 안정적으로 구축하는 것은 가장 중요한 문제였다. 동독의 상황을 구 동유럽권의 다른 국가들과 비교해보면 독일의 복지확대 정책은 성공적으로 이뤄졌다. 외국에서도 이 점은 인정한다.

다른 한편에서는 인구비율이 사회적으로 큰 영향을 끼쳤다. 인구비율은 단순히 물질적 지원으로 해결할 수 있는 것이 아니었다. 우선 수명이 늘고 있다. 다음으로는 농촌 지역의 젊고 유능한 사람들이 점점 더 많이 도시로 진입하고자 한다. 이러한 현상은 세계 각지에서 일어나고 있다. 유럽도 예전부터 예외가 아니었다. 사람들은 더 나은 교육여건과 일자리를 찾아서 경제 중심지로 모여든다.

무엇보다 농촌 지역이 가장 크게 영향을 받았는데, 이것은 크게 일자리 부족, 고령화, 출산 감소라는 세가지 이유에서였다. 우커마르크의 동북부 지역을 방문했을 당시 어느 마을의 축제에 참가한 적이 있다. 나는 마을 이장에게 나이를 물었다. 그러자 그는 자신이 서른일곱살이라면서 마을에서 가장 어린 청년이라고 했다. 이렇듯 시골 지역의 인구는 현상유지가 힘들었다. 어린아이들의 수가 눈에 띄게 줄었다. 그렇다고 해서 나이 든 사람들에게 직장문제로 농촌을 떠난 젊은이들이 모여 있는 물가가 비싼 도시로 함께 이주할 것을 권할 수도 없는 노릇이다. 노인들은 생활비가 싼 지역에 살 수밖에 없다. 시골 노인들 중의 일부만이 생활여건이 더 낫고 의사가 있는 인근 중소도시로 이주한다. 이러한 생활여건 속에서 도농 간의 인구 수를 균형있게 유지하는 것은 기대하기 어렵다. 장기적으로 보았을 때 모든 시골마을이 다 생존하기는 어려울 것이다. 이 같은 현상은 동독 일부 지역에서 일어나고 있고 서독에서는 특히 과거 동독과 접한 국경 마을들에서 일어나고 있다. 이 문제는 동서독으로 구분해서 생각할 일이 아니다.

하지만 이런 어려운 문제만이 아니라 대단히 긍정적인 예도 있다. 바로 드레스덴이다. 드레스덴은 문화·예술·학술 면에서 전세계인들을 매혹하기에 충분한 도시다. 일찍이 ‘엘프플로렌츠’(Elbflorenz, 엘베강의 피렌쩨)라고 불릴 만큼 유럽에서 가장 아름다운 건축물이 있는 제후의 거주지〔수도〕였다. 이후 드레스덴은 전쟁과 불의의 상징물이 되었는데, 이제는 고도의 옛 모습을 되찾고 동시에 학문과 경제 활동의 새로운 비전을 시민들에게 심어주기 위해서 많은 노력을 기울이고 있다.

라이프치히의 경우는 근래 들어 유럽의 다른 어느 도시보다도 빠르게 성장하고 있다. 라이프치히는 옛 수도들이 자연스럽게 취득한 이점 없이 홀로 모범적인 도시로 성장했다. 라이프치히는 시민들의 적극적인 참여로 경제와 학문이 살아 숨쉬고 있다. 매년 열리는 춘계 도서박람회 기간에는 낭독회 등 수많은 문화행사가 열린다. 낭독회에서 청중들의 수를 봤을 때 라이프치히 시민들의 참여 정도는 독일의 다른 지역과 비교할 수 없을 정도다. 음악활동이 왕성하고 새로운 박물관들도 건립되었다. 2002년에는 행정법원이 들어섰다. 통일 과정에서 칼스루에에 있는 연방 헌법재판소도 옮겨올 뻔했는데, 1879년 독일제국 법원이 처음으로 들어선 곳이 바로 라이프치히였다는 역사적 사실을 고려해보면 라이프치히로 옮겨왔어야 했다고 생각한다.

동독지역의 문제와 관련해 사실 조금 놀란 것은 통일 후 동독지역을 여행하려는 서독 사람들이 그리 많지 않았다는 점이다. 장벽이 붕괴되고 몇년이 지나서도 동독지역을 여행한 서독인들의 숫자는 크게 늘지 않았다. 국회의원들조차도 마찬가지였다. 한참이 지나서야 동독지역의 아름다운 자연의 매력을 느끼고자 하는 서독 여행객들의 숫자가 급증했다는 것이 놀라울 뿐이다.

그밖에도 동서독 간에는 아직까지도 역사적으로 큰 간극이 있다. 독일인들의 역사는 서독지역의 쾰른이나 뮌헨에서 태동한 것이 아니라 (동독지역인) 북부 독일의 산악지대 하르츠(Harz)의 동쪽 산자락인 마그데부르크와 크베들린부르크 지역에 그 뿌리를 두고 있다. 문화와 자연의 매력이 빼어난 바로 이곳에서 독일의 태동사를 체험할 수 있다.

비록 통일은 이뤘지만 지금에 이르는 역사를 모두 아우르는 작업은 아직까지 미완의 과제로 남아 있다. 무엇보다도 여기에는 프랑스처럼 한 중심, 구심점이 독일 역사에서는 존재하지 않았고 앞으로도 존재하지 않을 것이라는 인식이 존재한다.

독일의 역사를 봤을 때 지방·지역 간의 큰 차이점은 냉전시대가 강요한 동서 간의 경계를 중심으로 나타난다기보다는 오히려 남북 간에 존재한다. 소통상의 어려움도 동서 지역인 튀링엔 사람과 헤센 사람이나 슐레스비히-홀슈타인 사람과 메클렌부르크 사람 사이보다 북쪽의 오스트프리센 사람과 남쪽의 오버바이에른 사람 사이에 더 큰 것이 현실이다. 이런 맥락에서 최근 지역 간 연대를 계획하는 좋은 사례가 처음으로 들려오고 있다. 포메른, 메클렌부르크, 함부르크를 포함한 노르델비엔 등 세곳의 교회들이 통합을 추진하고 있다는 것이다.

동서 간의 소통을 어렵게 하는 또다른 사항은 역사적 시점에서 비교적 최근의 역사에 해당하는 사항이다. 오늘날 독일 동쪽 지역에서 역사를 회고할 때 주목하는 점은 바로 동서독 분단의 시기다. 반면에 서독지역에서는 1933년 1월 30일로 거슬러올라가 히틀러가 권력을 잡은 시점이 중요한 분기점으로 여겨져왔다. 나는 이 날짜야말로 현대사적 의미에서 동과 서를 근본적으로 연결하는 결정적인 시점이라고 확신한다. 이날이 종국에 분단의 시발점이 되었다고 볼 수 있기 때문이다.

나는 바로 이 점을 1985년 5월 8일 종전 40주년 기념사에서 특별히 강조했다. 5월 8일이 어떤 날인가? 독일이 패전한 날이었나? 당시 나는 본 소재의 국회의사당 홀에서 열린 기념식에서 수많은 사람들에게 고통, 탈출, 추방, 억압은 종전 때 비로소 시작되었음을 설명했다. 그럼에도 당시 나는 5월 8일은 해방의 날이었음을, 수용소와 감옥, 전장과 폭격 맞은 도시들에서 살인과 공포가 종식한 날이었음을, 국내외에서 나치 독재에서 해방된 날이었음을 분명히 언급했다. 오늘의 관점에서 볼 때, 내가 한 연설의 많은 부분이 당시보다는 지금 더 와닿는 것처럼 보인다. 이날 나는 기본법 창시자들이 종전 후 국가사회주의적 과거에서 제 나름의 교훈을 얻으면서 중시한 '헌법 애국주의'(Verfassungspatriotismus)에 정당성을 부여하고자 했다. 이들이 추구한 생활양식으로서 민주주의에는 과거에 대한 진실하고 솔직한 성찰이 포함된다. 우리 독일인들은 그러한 태도를 아직 익혀나가야 했다. 이후 5월 8일의 함의에 대해 국내외에서 뜨거운 논쟁이 이어졌다. 외국에서도 독일인들의 새롭고 필수적인 과거사 청산 작업에 적극적으로 참여했다.

동독 주민들에게는 내가 5월 8일을 해방의 날로 묘사한 것이 새로운 일이 아니었다. 동독에서도 비슷한 의미를 부여해왔다. '소련-독일' 우정의 기치 아래에서 동독에서는 5월 8일을 파시즘에 대한 승리의 날로 공식적으로 기념했다. 이렇듯 5월 8일은 오랫동안 안티파시즘이라는 모토하에 국경일로 지정되었다. 이 의미는 결국 동독은 파시즘을 이겨냈고 오늘날에도 서독이라는 모습에 비춰 파시즘에 맞서고 있다는 뜻이었다. 당시 내가 한 연설을 통해 많은 동독인들은 새로운 관점을 갖게 되었다. 동독의 SED로서는 그리 마음이 편하지 않았을 것이다.

동서독이 모두 공동으로 국가사회주의 시대를 기억하는 것은 통일이 되고 나서도 쉽지는 않지만 반드시 필요한 과제다. 우리는 분단 상황하에서도 1933년 1월 30일이 동서독 사람들에게 모두 공통의 분기점으로 여겨져왔다는 인식에서 출발해 공동의 역사관을 형성해갈 수 있을 것이다.

제23장

구 동독 공안의 어두운 권력의 그림자

역사의 짐은 우리 독일인들에게 무겁게 남아 있다. 이중에서 동독의 과거는 중요한 부분이며, 이를 정리하는 작업은 필수적이다. 동독 공안(Staatssicherheit)의 어두운 활동은 우리의 공동과제로 남아 있다. 동독 공안은 우리에게 '불신'이라는 유산을 짐으로 남겼다.

1990년대 중반에 고대사학자 크리스티안 마이어는 지난 수천년간 다양한 민족들이 자신들에게 닥친 참사를 어떻게 극복했는지 연구한 바 있다. 그가 도출한 결론은 많은 민족들이 비극과 나쁜 과거를 극복하기 위해서 '망각'(Vergessen)이라는 안식을 찾았다는 것이다. 망각은 자신들의 과거에서 이어받은 나쁜 유산을 문화 속에서 정리하는 특효약으로 인식되었다.

그런데 사실 역사는 우리 현재의 방향을 지시해주는 것으로서, 망각될 수 있는 것이 아니다. 과거의 역사는 독일인들에게 지금까지도 영향을 주면서 무겁게 남아 있는 것이 사실이다. 그럼에도 불구하고 우리는 계속 살아가고자 하고 또 그럴 것이다. 이를 위해서는 물려받은 역사의 과업을 제대로 이해하고 또 이것을 극복해나가려는 노력이 중요할 것이다.

우리 서독인들은 동독의 독재정권 청산 과정에서 나치의 과거를 둘러싼 힘겨운 논쟁을 종종 떠올리게 된다. 나치와 동독정부가 그저 서로 교대하여 공히 동독 주민들의 자유를 60여년간 억압했다는 점을 생각하면 충분히 이해할 수 있는 대목이다. 그럼에도 양 체제의 전제와 결과들은 완전히 달랐다. 양 체제는 똑같이 시민들의 자유를 억압했지만 출발점이 서로 달랐다. 우선 동독정부는 전쟁을 일으키지 않았으며 홀로코스트에 대한 책임도 없다. 동독은 제3제국이 붕괴하면서 태동했다. 동독은 동부 지역의 승전국인 소련이 세웠다. 주권 행사와 체제 운영 전반에 있어 외세에 의존했다. 이런 면에서 동독정부는 주민들을 단속하고 감시하기 위해 '특별한 수단들'이 필요했던 것이다.

이와 반대로 국가사회주의는 한 국가 안에서 태동한 권력이었다. 이 과정에서 독일 국민의 다수가 국가체제에 대해 대체적으로 동의했다. 동독의 경우에는 반대로 주민들이 체제에 순응할 것을 상당한 수준으로 강요했다.

통일이 되고 독일인들은 자신들의 역사에 대한 책임을 스스로 져야 했다. 희생자들은 대부분 살아 있었고 그들은 우리 사이에서 살고 있었다. 이번에는 그 누구도 전에 서독에서 그런 것처럼 후세대의 도덕적 엄숙주의를 기다려서도 안 되었고 기다리기를 원하지도 않았다. 과거 서독에서와는 달리 이번에는 진정한 의미의 ‘종지부 논쟁’이 존재하지 않았다.

문제는 〔동독〕국가의 정치이념이 나쁘다는 점에 있지 않고 이러한 이념 방향을 절대적 진실로 동일시하려고 했다는 데 있었다. 사람들은 그 정치제제가 진실이라 믿었으며 국가체제는 이러한 이념을 모든 사람들에게 강요하려 했다. 이를 위해 국가공안국은 권력 도구가 되었다. 국가공안국으로 인해 동독 지도부의 도덕적 요구는 부도덕한(Unmoral) 것으로 변질되었다. 때로는 진부하면서도 가차 없는 수단들을 이용해 공안국은 시민들을 엿듣고 감시하고 억압하고 매수하고 밀고자를 선동했다. 가장 악질적인 것은 희생자를 공범으로 끌어들이는 행위였다. 사람들을 탐문하고 괴롭히고 교육과 직장생활을 방해하고 자유를 향한 외침이 처벌을 받는 상황에서 누구도 분노를 느끼지 않을 수 없었을 것이다. 그리고 이와 반대로 당 노선에 절대적으로 충실한 자가 1989년 이후 곧바로 다시 승진을 하고 출세가도를 달리는 것을 보았을 때에도 그런 심정이었을 것이다.

이러한 동독 공안의 만행에 대해 망각의 외투를 덮어주는 것은 인간적 차원에서 받아들일 수 없는 일이고 법치국가 차원에서도 참을 수 없는 일일 것이다. 법과 정의는 살아 있기 때문이다. 기록문서들을 다룰 때 필요한 개인정보 보호가 가해자를 보호하는 일이 되어서는 안 된다. 동시에 진상규명의 수단〔각종 문서와 증거자료〕도 의심해봐야 한다. 거짓말이 난무하던 씨스템에서는 보관 문서들도 거짓일 수 있다.

이와 관련해 동서독에서는 뜨거운 논쟁이 계속되었다. 이러한 논쟁은 전적으로 정당한 사적 이유들 때문에 빠질 수 없는 과정이었다. 동독에서는 공안당국의 희생자와 가해자들이, 용감한 자유투사와 억압자들이 함께 존재했기 때문에 이는 전적으로 수긍할 수 있는 것이었다.

서독의 경우 이러한 논쟁에 대한 참여도가 상대적으로 낮았다. 그럼에도 다양한 입장들이 표출되었다. 일부는 논의가 조기에 끝나길 바랐다. 또 이와 반대의 입장들도 있었다. 동독 공안의 만행에 대한 진상규명이 일차적으로 서독의 과제라고 이해하고 이것을 오늘날 학교교육에서 진상규명 수업의 대상으로 삼고자 노력하는 목소리들도 있었다.

모든 제안과 방법 속에서 동독 공안의 씨스템과 그들의 악랄하고 비인간적 악행에 대한 진상규명과 기억은 한걸음 한걸음 역사 속에서 통일을 이루어가기 위해 필수불가결한 우리 공동의 과제로 남는다.

제24장

공동의 전통: 동서독의 예술과 문화

분단시대와 국가적 억압 상황을 회상하는 데 동독의 예술은 큰 역할을 한다. 동독의 예술은 독재시대에도 파괴되지 않은 공동의 뿌리이자 목표를 향한 특별한 표현이었다.

문학 분야에서는 독자적 판단의 정신이 창작의 근원이었다. 슈테판 헤르믈린이나 슈테판 하임, 크리스타 볼프, 크리스토프 하인이나 귄터 드 브륀, 그밖의 많은 작가들에게서 우리는 동독의 삶의 역사와 본질을 발견한다. 우베 텔캄프 같은 작가는 『탑』(*Der Turm*)이라는 소설을 통해 서독 사람들 대다수가 잘 알지 못한 교양시민적 삶의 형식이 동독에도 있었음을 우리에게 알려준다.

종종 나는 서베를린에서 동베를린으로 건너가 서점에 비치되어 있는 아우프바우(Aufbau) 출판사와 또다른 출판사들에서 낸 독일과 세계 문학의 아름다운 고전 문고판을 보면서 깊은 감명을 받곤 했다. 서독에서 찾지 못한 책들을 동베를린 알렉산더 광장의 서점에서 발견하기도 했다. 내가 좋아하는 19세기 초반의 이딸리아 소설 『80세 노인의 회상』이 그러한데, 이뽈리또 니에보의 이 소설은 나뽈레옹 시대의 베네찌아에 대한 이야기다.

분단시대 동독의 음악은 대단히 감탄스러울 정도로 지속적으로 예술성을 잘 유지하고 발전시켰다. 분단된 베를린에서도 매우 인상 깊은 공연들이 무대 위에서 펼쳐졌다. '보리수 아래서'(Unter den Linden) 국립 오페라단이 1992년 250주년 기념행사를 개최할 당시 기념식 중반부에 국립 관현악단의 연주가 있었다. 그런데 국립 관현악단의 수준은 분단시대에도 전혀 변하지 않았고, 장벽이 무너지고 나서 통일된 수도 베를린에서도 기틀이 흔들리지 않고 우리의 친구인 다니엘 바렌보임의 지도 아래서 기량을 펼쳐나갔다. 또한 무엇과도 비교할 수 없을 정도로 선명하게 남아 있는 동베를린의 기억이 있는데, 바로 대성악가 페터 슈라이어가 한스 피츠너의 「팔레스트리나」(Palestrina)를 불렀을 때다. 이 곡은 많이 연주되지도 않은 어려운 작품이었다.

연극 분야에서도 분단시대 동안에 무대 위에 올려진 잊을 수 없는 공연들이 있었다. 공연들의 수준이나 매력은 베를린 시 중심부 동독 경비대원들 사이에서까지 회자될 정도였다. 내가 베를린 시장으로 있을 때 우리 부부는 종종 동베를린으로 차를 몰고 나갔다. 경비대는 출입 절차를 엄격하게 따졌고 눈 하나 꿈쩍하지 않고 동베를린 '입장료'를 꼬박꼬박 받아갔다. 저녁 늦게 같은 길로 돌아올 때면 갈

때 만난 같은 동독 경비대원들이 반갑게 물었다. "우리 독일 연극 좋으셨나요?"

특별히 설레게 하는 분야는 바로 조형예술이다. 이 분야에 대해서는 부분적으로 가차없는 판단이 행해졌다. 일례로 이 분야에서 서독의 대표적 전문가로 오랫동안『프랑크푸르터 알게마이네』신문의 예술비평가로 일해온 보캄프(E. Beaucamp)가 있다. 그는 '통일 과정에서 가장 음울한 사건들'로 서독의 주요 박물관들에서 동독의 작품들을 거의 찾아보기 어렵다는 점을 언급했다. 사람들이 그것들을 찾지 않았거나 보관소에 방치했다는 것이다. 우리는 독일 예술계가 아직도 냉전시대에 있는 것 아니냐는 우려 섞인 질문을 종종 들을 수 있었다.

우리는 60년대 동독 예술가들이 어떻게 서독으로 넘어왔는지 뚜렷이 기억한다. 예를 들어 게오르크 바젤리츠, 게르하르트 리히터, A. R. 펭크 등이 그렇다. 이들은 서독에서 크게 성공을 거뒀고 동독에 남아 있는 동료들을 자주 매섭게 비판하기도 했다. 후자들은 과거의 일과 동독의 현재에 대해서 전자들만큼 극단적으로는 아니더라도 자신들의 높은 예술적 자질로써 비판적으로 관계를 청산했다. 예를 들자면 볼프강 마트호이어, 베르너 튀프케, 베른하르트 하이지히 같은 경우가 여기에 속하는데, 주요 미술관에서 이들의 작품은 아직 찾아보기 힘들다. 우리는 이들의 작품을 연방 대통령 관저, 베를린의 벨뷔 성(城)에서 수년간 전시한 바 있다. 이와 함께 외국에서도 동독의 새로운 예술에 대해 관심을 보인다. 최근에 빈의 클로스터노이부르크(Klosterneuburg)에서 이미 미국인들의 호평을 받고 있는 네오 라우흐 등 주목받는 예술가들이 포함된 라이프치히 학파의 흥미 있는 전시회가 있었다. 조형예술의 통일 과정은 독일에서 시간이 걸리긴 하지만 그럼에도 지구촌 차원의 높은 평가 아래에서 이미 이루어지고 있다.

제25장

독일 민족국가: 우리는 어디서 왔는가?

이 책의 서두에서 나는 고르바초프와 나눈 대화 내용을 회상한 바 있다. 동서독문제를 언제까지 방치해둘 것이냐라는 나의 질문에 그는 그러한 문제는 알지 못한다고 했고, 답은 역사에 맡겨야 한다고 말한 적이 있다. 고르바초프는 여러가지 면에서 의식을 행동으로 옮기는 것을 피하지 않았고 자신의 신념에 따라 행동했다. 그는 나와 대화를 나눈 지 2년이 지난 시점에 미국의 조지 부시 대통령, 독일의 헬무트 콜 수상을 만나 독일 통일에 결정적으로 기여함으로써 이를 스스로 증명해 보였다.

통일이 다시 이루어졌다. 통일조약에서 수정된 기본법의 표현에 따르면 독일의 통일과 자유는 "완성되었다". 이는 참으로 거창한 표현이다. 이는 무엇보다도 우리가 인고의 세월, 수십년의 분단을 극복해내고 하나가 되었다는 기쁨의 표현이다. 이제 계속 앞으로 나아가야 한다.

지금까지 우리는 2차대전 종전에서 독일 통일까지 전과정을 살펴보았다. 이 과정에서 4대 승전국, 인접국가들, 동서독 국민들이 보여준 태도는 독일문제 해결이 냉전 때문에 어려웠을 뿐만 아니라 오랜 역사적 배경에서 기인함을 반복해서 보여준다. 이런 연유로 서방 승전국들로서는 이 문제를 보류하는 것이 그리 꺼려지지 않았다. 또한 우리 독일인들은 통일을 향한 열망이 유럽에서 새로운 평화가 태동하는 것을 위협해선 안 된다는 것을 잘 알았다.

지난 수백년간 독일문제는 단순히 독일인들만의 문제가 아니라 전유럽의 문제였다. 유럽 대륙 중심에 위치한 대국으로서 독일의 자유와 자결이 주변국들의 그것들과 어떻게 합치될 수 있었을까?

우리가 이룬 오늘의 결과가 필연적이었다거나 당연하거나 필연적 발전이었다는 식으로 생각하거나 단지 속도가 조금 빠른 일상적 과정인 것처럼 치부하는 것은 대단히 경솔한 일이다. 역사는 우리에게 이와 정반대의 것을 교훈으로 줄 수도 있다. 역사는 우리가 우회하고 극복해야만 했던 난관들을 보여준다. 결국 독일문제에 대한 명확한 해답을 찾는 데 어떤 과정이 필요했는지를 잊지 않는 것이 우리의 미래를 위해서도 중요하다. 이 같은 관점은 앞으로 우리가 맡을 책임과 과제를 제대로 인식하는 차원에서 필요하다.

따라서 현재와 미래를 위해 독일문제가 거쳐온 과정을 한번 따라가보는 것은 충분히 가치 있을 것이다. 독일문제는 무엇이었는가? 어떤 배경에서 태동했고, 어떤 변화의 동인들이 있었는가? 어떤 요소들에 의해 해결에 다가갈 수 있었고, 어떤 요소들이 해결을 어렵게 했는가? 왜 온전한 해결에 이르지 못했는가?

이러한 성찰에서 우리 독일인들은 동독과 서독에서 각기 다른 방식으로 오늘에 이르렀음을 결코 잊어서는 안 된다. 우리는 각자의 지역에서 서로 다른 삶을 경험했고 서로 다른 역사관을 품게 되었다. 우리가 두 지역에서 서로 다르게 형성되어온 기억과 유산의 차이를 잘 이해하면 할수록 미래의 도전을 극복하기 위한 우리의 역사인식의 폭은 더욱 넓고 공고해질 것이다.

독일역사를 살펴보면 두가지 특징에 직면하게 되는데, 이것들은 독일의 분단극복 과정을 고찰했을 때 이미 마주한 특징들이다. 하나는 독일민족, 지방, 지역의 다양성, 즉 연방주의다. 다른 하나는 훨씬 이후에 키워져 시민사회 형성의 토대가 된 시민들의 참여정신이다. 이러한 시민사회적 요소는 독일 통일의 달성 과정에서 결정적인 힘을 발휘했다.

독일식 연방제는 중세 시대로 거슬러올라간다. 작센-안할트, 마그데부르크의 이야기다. 10세기 독일제국의 시초가 된 사람은 작센의 하인리히 1세 왕이었다. 그는 프랑켄과 작센에서 선출되었다. 하인리히 1세 왕의 세력은 슈바벤과 바이에른을 포함해 엘베강을 건너 브란덴부르크와 뵈멘 지역에까지 미쳤다.

그의 아들 오토 1세는 저항을 무릅쓰고 자존심 강한 공작들을 실질적으로 제국의 '고위 관직자'로 강등했다. 이로써 그는 10세기 후반부 알프스에서 노르트제까지, 마스에서 엘베에 이르는 전역에서 절대군주가 되었다. 바로 이러한 역사적 배경에 호프만 폰 팔러스레벤의 시(詩) 1절이 뿌리를 두며, 이 시의 3절은 오늘날 우리가 부르는 독일 국가(國歌)의 가사가 되었다.

오토 1세는 마그데부르크에서 알프스를 건너 남쪽으로 지배력을 키워나갔다. 962년 로마에서 황제즉위식을 올리면서 그는 광활한 중세 제국 건국을 위한 초석을 더욱 공고히 다져갔다. 이로써 단지 아주 제한적 의미에서만 그렇게 명명될 수 있는 독일식 황제 제도의 전통이 출발점을 맞게 되었다. 황제의 왕관은 [이후 집권한] 독일의 왕들을 영광스럽게 했는데, 그 힘은 이후 독일에 국한되지 않았다. 그러다보니 프랑스, 영국에서와는 다르게 독일에서는 이후 수백년 간 왕보다는 영주들의 권력이 실질적으로 커졌다. 이렇게 알프스 북부에서는 지금까지 중앙집권적 구조가 아닌 연방제적 국가제도가 자리잡게 되었다.

독일문제는 다른 국가들에서와는 다르게 늘 열려(offen) 있었다. 그럼에도 독일민족을 연결해주는 구심점은 무엇이었는가? 결정적인 동기 중 하나는 인쇄술의 발전에 더욱 힘입어 처음으로『성경』을 독일어로 번역한 일이었다. 동독의 수필가 프리드리히 디크만의 표현에 따르면 종교와 관계없이 마르틴 루터와 필립 멜란히톤의 문장은 "독일 문화의 개론서" 같은 성격을 띠게 되었다. 언어는 문화의 핵심이다.

한번은 프랑스의 프랑수와 미떼랑 대통령을 아이제나흐의 바르트부르크와 바이마르로 안내한 적이 있다. 미떼랑 대통령은 독일 언어와 문화의 창조자 루터와 괴테의 서재 앞에서 독일 문화의 근원지를 이제야 제대로 보게 되었다며 나에게 거듭 고마움을 표했다. 그는 내가 지금까지 자신에게 늘 라인강 위아래 쪽만 보여주었다며, 거기서는 프랑스 문화도 상당 수준 다시 만나볼 수 있었다는 지적을 약간 거만하게 덧붙였다. 어쨌든 문화와 언어의 경우, 우리는 프랑스인들이 자국의 전통문화에 대해 품은 강한 자긍심으로부터 유럽의 번영 차원에서 동서독 공동의 문화유산의 의미에 대해 배울 수 있다고 본다.

또다른 사례는 냉전 후인 1993년 폴란드 단치히(Danzig)에서 미떼랑 대통령과 회동했을 때의 일이다. 그곳에서는 미떼랑 대통령, 폴란드의 바웬사 대통령, 나 이렇게 세 사람의 공동 기자회견이 열렸다. 바웬사 대통령은 폴란드가 조만간 EU에 정식 가입하게 될 것에 대해 기쁨을 표했다. 두번째 연사이던 나는 폴란드-프랑스-독일의 소위 '바이마르 3각'의 중요성에 대해 언급했다. 이어 발언권을 가진 미떼랑 대통령은 세계무역회의의 결과에 대해 이번 합의에 미국의 쏘프트웨어가 더이상 유럽 시장에 들어오지 않는다는 부대조건을 명시할 경우에만 프랑스정부는 추인할 것이라고 밝혔다. 미떼랑 대통령이 전자시장에서 〔미국의〕 기술의 의미를 결코 간과한 것은 아니다. 하지만 보호해야 마땅할 유럽 문화의 가치를 강조할 수 있는 기회를 놓치지 않으려는 듯했다.

다시 역사문제로 돌아가서, 중세에서 근대로 넘어오는 과정에서 종교개혁은 수백년간 지속된 독일민족의 갈등의 시발점이 되었다. 우선 '신앙속지주의'(cuius regio, eius religio) 원칙이 있었다. 이것은 정치적 권력자에게 자기 백성들의 신앙에 대한 결정권이 있다는 것을 의미했다. 이에 따라 19세기에서 20세기로 넘어올 때까지 상당한 파급효과가 나타났다. 일례로 독일제국의 프로테스탄트 지역에서는 '왕권과 제단'이라는 교리원칙을 마주할 수 있었다. 오늘날 사람들은 교회가 종종 극도로 후원을 자청하면서까지 정치노선에 충실히 따랐다는 것을 잘 안다. 이것은 종국에 가서는 부분적으로 나치즘 시대에까지 영향을 주었다.

무엇보다 16세기 이래 전개된 종교 갈등은 유럽 내에서 독일민족의 중심적인 문제와 숙명적으로 연결되었으며, 이는 독일이 유럽대륙의 지리적 중심이라는 위태로운 상황과 맞닿아 있었다. 독일의 연방분립[지방분권]주의는 때로는 상반되는 형태로까지 인접 국가들과 관계를 맺고 서로 갈등을 촉발하기도 했다. 유럽 국가들은 예외 없이 대륙의 중심국가로서의 통일독일에 대해 늘 우려했다. 독일은 산과 바다 같은 자연지리적 경계선이 거의 없었다. 이런 연유로 인접 국가들의 숫자가 많을 수밖에 없었다. 따라서 독일문제와 관련해 주변에서 납득할 만한 해답을 얻어낼 특별한 방법도 없었다.

1618년부터 48년까지 이어진 30년전쟁은 막대한 파괴를 야기했고, 유럽 대륙의 중심부를 거의 회복 불가능한 상태로 만들어버렸다. 영국과 프랑스는 지정학적 장점이 결정적으로 작용해 독일에 비해 훨씬 앞서 발전할 수 있었다. 종교적·정치적 대립 상황에도 불구하고 독일제국은 다른 나라를 공격할 능력은 없었지만 방어 능력이 충분했고, 조직적으로 기능하는 법과 평화의 연합체 국가가 되었다. 다만 독일이 민족국가로 발전해가는 데는 아무도 관심을 기울이지 않았다.

1648년 베스트팔렌조약은 국제법이 만들어지는 데 중요한 계기가 되었다. 전쟁 당사국들 간에는 고대에 종종 그런 것처럼 저지른 만행에 대한 망각의 협정이 아닌 '영원한 망각과 사면'(oblivio perpetua et amnestia), 다시 말해 영구불변의 사면 협정이 체결되었다. 이것은 적국 간에 공동의 기억 문화를 만드는 이례적으로 책임감 있는 요소가 되었다. 우리는 2차대전 이후에도 이런 상황에 직면했다. 냉전시대의 종식은 베를린장벽의 붕괴와 함께 이에 대한 질문과 해답을 준다. 우리가 오늘날 아는 것처럼 총체적 일괄 사면이 있어서는 안 되더라도.

연방분립주의는 독일 땅에서 지배적 원칙이었다. 그런데 프랑스의 태양왕 루이 14세는 1700년경에 라인강을 동쪽 강가의 강력한 교두보를 포함해서 프랑스의 자연적 국경선으로 삼고자 했다. 이에 대한 저항은 크지 않았다. 빈에서는 폴란드의 지원을 받아 오스만제국의 진군을 막았다. 합스부르크 황제는 제국의 유지보다는 오스트리아 왕가를 수성하는 데 집중했다. 북부 독일어권에서는 브란덴부르크-프로이센이 새로운 권력으로 등장했다. 이처럼 독일제국은 행동력 있는 형상을 거의 잃어가는 상황에 처했다.

이런 가운데 오스트리아-프로이센의 대립은 멈추지 않고 심해져만 갔다. 이 대립은 잠시 나뽈레옹에게 저항하기 위해 함께 전선을 형성하는 것으로써 가려졌을 뿐이다. 그런데 결국은 프랑스 황제〔나뽈레옹〕가 마침내 독일제국의 유령에 종지부를 찍었다. 1806년 '신성로마제국의 멸망'(Reichsdeputationshauptschluss)은 독일 땅에 존재하던 수많은 영토 지배, 지방·도시의 난립 상황을 끝냈다. 더 커진 독일 중앙의 국가들은 프랑스가 대부 역할을 하는 가운데 발전해 갔다. 합스부르크 황제는 1806년 신성로마제국 황제에서 물러나 오스트리아 황제에 머물렀다. 나뽈레옹은 러시아 알렉산더 1세에게서 일정한 지원을 받으며 옛〔독일〕제국을 지배했다.

또다시 독일문제가 부각되었다. 독일은 무엇인가? 신성로마제국이 허울에 불과했다 하더라도 제국의 몰락으로 새로운 긴 공백기가 생기면서 새로운 해답에 대한 요구가 커졌다.

라인연맹국가들(Rheinbundstaaten)은 프랑스를 모델로 삼아 발전했다. 독일의 두 대국이던 오스트리아와 프로이센은 개혁 작업을 벌여나갔다. 프로이센의 개혁 작업은 슈타인과 하르덴베르크 두 사람이 주도했다. 나뽈레옹에 대항한 해방전쟁은 민족전쟁이 되어버렸다. 지방에서는 처음으로 인권운동이 전개되었다. 헌법 제정을 요구하는 목소리가 나왔고 곧 제정되리라고 기대되었다. 피히테는 1808년 당시 프랑스 점령하에 있던 베를린에서 독일민족을 향해 연설했다. 이때 독일문제의 해법을 찾는 데 도움을 줄 첫번째 기운들이 움트기 시작했다.

나뽈레옹이 1812년 러시아 전투에서 패하고 철군 과정에서 막대한 손실을 입으면서 그의 권력은 끝이 났다. 테오도어 폰타네(T. Fontane)는 자신의 소설 『폭풍 전』(*Vor dem Sturm*)에서 나뽈레옹에 대항하는 것을 두려워하는 프리드리히 빌헬름 3세 왕에 대한 프로이센 사람들의 불만과 이들의 커져만 가는 자유에 대한 갈망을 묘사했다. 나뽈레옹 황제의 완전한 패배 후, 대륙을 무력으로 통일하겠다는 유럽 역사상 최초의 거대한 시도는 1815년 빈회의에서 마침내 끝이 났다.

오스트리아는 발칸 반도와 이딸리아에 집중했다. 프로이센은 영국의 요구로 라인란트 지역에서 많은 영토를 약속받았다. 유럽의 중앙부에서는 힘없는 독일 연방이 나타났다. 이것은 대륙의 심장부에서 비록 실질적인 정치적 행동력이 없었더라도 확실한 질서를 유지하고자 한 유럽이 보편적으로 늘 희망해오던 것의 표출이었다. 독일 국가에 대한 근본적 질문은 계속되고 있었다.

빈회의에 참여한 정부들은 유럽에서 힘의 균형과 이익 배분의 원칙에 양해했다. 이 합의의 결과로 유럽은 비교적 긴 평화기를 누렸다. 그러나 빈회의 후 왕권과 시민들은 나뽈레옹을 공동으로 물리쳤음에도 다시 갈등 국면을 맞았다. 옛 지배권력 구조가 다시 등장했다. 왕들과 영주들은 과거와 같은 지배권력을 행사했다. 그들이 해방전쟁 동안 막연하게 약속한 개혁과 헌법 제정 약속은 잊힌 것처럼 보였다.

그러나 상황은 그렇게 녹록하지 않았다. 독일, 이딸리아, 폴란드 등지에서 독립을 요구하는 목소리와 〔약속한〕 자유를 보장하라는 요구가 커져만 갔다. 도처에서 침묵을 깨고 시민들이 궐기했다.

저항과 폭동이 일어났다. 1830년 빠리의 7월혁명은 유럽 전역에 영향을 주었다. 1830~31년의 폴란드의 국민 봉기는 유럽 전역에서 공감을 얻었다. 특히 독일 사람들은 러시아의 지배세력에 대항하는 폴란드의 자유투쟁운동에 깊은 감명을 받았다. 이러한 과정을 거치며 벨기에는 독립을 쟁취했다. 스위스의 여러 주들도 헌법개정을 이루어냈다. 영국도 선거법 개정이라는 큰 성과를 거두었다. 헝가리와 에스빠냐에서도 민심이 뜨겁게 들끓어올랐다.

독일에서는 1832년 역사적인 첫 정치 시민집회가 열렸다. 팔츠 지방의 함바흐 지역 축제에서 열린 민주-공화적 대(大)집회가 그것이다. 전국에서 모여든 3만여명 참가자들은 편집자, 변호사, 대학생, 수공업자, 농부 등 다양한 직업을 가졌지만 모두 한 목소리를 냈다. 이 집회는 정부가 개입하거나 특정 정치단체가 선동해서 나타난 유형의 집회가 아니었다. 정치적 상황에 대해 동일하게 인식한 시민들이 자발적으로 참여한 집회였다. 이들은 함바흐 축제의 의미를 '자유, 통일, 유럽'으로 압축해 공포했다. 이들은 국민주권, 선거의 자유, 언론 자유, 집회와 의사표현의 자유, 남녀평등 등을 주장했다. 당시 상황으로는 대단히 용기있고 가히 혁명적인 요구사항들이었다.

오늘날 우리는 모두 이러한 역사적 목표가치를 달성하기 위해 얼마나 많은 노력과 시간이 들었고 얼마나 많은 난관을 극복해야 했는지를 잘 안다. 그동안 비록 많은 혼선도 있었지만 우리는 선각자들의 이러한 용감하고 책임감 있으며 적극적인 시민정신이 우리가 이 시대를 살아가는 데, 또한 베를린장벽이 붕괴되는 데 중요한 토대가 되었다는 것을 잊어서는 안 될 것이다.

1832년의 대집회 이후 '통일'독일을 외치는 목소리가 점차 커져 갔다. 프랑크푸르트 소재의 파울교회(Paulskirche)에서는, 전유럽의 주목을 받았으며 수차례 실패에도 불구하고 시대적 사건으로 평가받은 1848년 혁명 기간 동안에 각 지역의 대표자들이 모여 국민회의를 개최했다. 이들의 목표는 헌법에 기초를 둔 정부 구성이었다. 그러나 회의에서는 빈에 황제를 두는 대(大)독일을 목표로 삼을 것인지, 아니면 프로이센 왕가를 필두로 한 소(小)독일을 지향할 것인지 합의를 이끌어내지 못했다.

프로이센의 왕 프리드리히 빌헬름 4세의 의도는 물론 독일 전체를 통치하는 왕위(Krone)였고, 왕위에 오른다면 프랑크푸르트 파울교회의 국민회의 대표자들이 아니라 각 지역 영주들에게서 인정받고자 했다. 시민들이 제정한 헌법에 대한 오랜 염원이 있었음에도 당시로서는 그 실현이 여전히 요원해 보였다. 프로이센 왕이 두려워한 것은 빈의 반대뿐만 아니라 다른 유럽의 수도(首都)들의 반대였다. 그는 독일제국의 통일문제에서 역사적 장애요인은 대륙 중심에 있는 독일을 바라보는 주변국들의 불신에 있다는 점을 잘 알았다. 그는 그 갈등을 피하고자 했다.

비록 프랑크푸르트 파울교회의 집회가 독일문제에 대해 명쾌한 해답을 내놓지는 못했지만, 일반 시민들의 민족주의운동은 더욱 강력해지고 있었다. 1859년 독일인들은 쉴러 탄생 100주년을 기념해 전례없는 대축제를 열었다. 해방전쟁들이 끝나고, 기대는 컸으나 결과는 보잘것없었던 1848년 혁명도 끝나고 통일된 독일 민족국가를 염원하는 수많은 사람들이 다시 모였다. 대(大)독일 국가냐, 아니면 소(小)독일 국가냐라는 문제로 논점이 모아졌고, 영주 제도에 맞서 시민들의 목소리가 담긴 헌법 제정과 개혁 방안에 관심이 집중되었다. 모든 소요와 혼란을 떠나 축제 참가자들은 '우리는 쉴러의 정신에 따라 하나다'라는 것을 증명해 보이고자 했다. 쉴러는 자신의 교육 목표와 자유의지의 힘으로 우리 독일인에게 민족역사의 길잡이가 되어준 인물이었다.

쉴러 자신의 이념은 생전 민족국가적 이념과는 거리가 멀었다. 그는 비록 라인강 너머(독일)로도 많은 영향을 준 프랑스혁명의 목표 이념들을 강력히 지지했지만 1796년에는 후일 많이 인용되는 다음과 같은 이행시(Doppelvers)를 남겼다.

독일인들이여, 한 국가를 이루는 꿈을 헛되이 꾸네.
대신 너희는 인간으로서 더 자유로워질 수 있으리라.

수십년이 지나서도 자유와 통일을 성취하지 못했다. 함바흐 축제에서는 그밖에도 '어떠한 경우에 있어서도 자유를 최우선 가치'로 삼아야 한다는 테제(These)가 강력히 대두했다. 자유를 통해 통일을 이룰 수는 있지만 자유 없는 통일은 의미가 없다는 것이었다.

1848년 이후 프로이센의 힘은 오스트리아에 비해 매우 막강해졌다. 비스마르크(Bismarck)는 1862년 베를린 수상이 되었다. 그는 민족주의운동을 선도하는 지도자는 아니었다. 그는 오히려 가능한 한 다른 유럽의 지배권력들과 갈등이나 마찰 없이 프로이센의 힘을 키우고자 했다. 그런데 1815년 맺어진 빈의 평화질서는 점차 혼란에 빠지게 되었다. 슐레스비히-홀슈타인을 둘러싸고 군사적 충돌도 있었다. 이어 오스트리아와 벌인 무력 대결은 1866년 쾨니히그레츠 전투에서 결판이 났다.

이 시기에 이딸리아는 민족통일 과정에 있었다. 러시아와 영국은 크림(Krim)전쟁으로 맞서느라고 대륙의 중심부로 눈을 돌릴 틈이 없었다. 모두 두려워하던 독일의 국가적 통일에 저항을 보인 것은 이제 프랑스뿐이었다. 1832년 함바흐 시민집회에서 생각한 독일의 통일 방식과는 완전히 달랐지만, 비스마르크는 프랑스와 결정적인 대결을 벌였으며 그 대결을 민족전쟁의 양상으로 이끌어갔고 국민들의 민족적 열망은 이에 호응했다.

이렇게 해서 독일제국은 전쟁을 통해 '소(小)독일 국가 형성'이라는 해법 속에 베르사유궁전에서 건국되었다. 주요 인접 국가들은 이러한 통일국가 형성 과정을 이미 거쳐왔다. 그렇다면 독일 국가는 후일 사회학자이자 철학자인 헬무트 플레스너가 말한 것처럼 '지각한 민족'(verspätete Nation)〔뒤늦은 산업화를 가리킨 표현〕이었는가? 여기서 우리는 1871년의 건국이 '독일민족'이 아닌 '독일 민족국가'였다는 점을 되새겨주는 역사학자 하인리히 아우구스트 빙클러의 관점을 유념할 필요가 있다. 왜냐하면 문화적인 의미나 건국 이전의 상황을 미루어봤을 때 독일인들은 1871년 훨씬 이전부터 한 민족이었기 때문이다.

그러나 외교정책적 의미에서도 우리 독일문제는 해결된 것이었을까? 대륙 중심에 위치한 독일제국이 유럽의 힘의 균형에 과연 새로운 위험 요소가 될 것인지 여부가 상시 문제였다는 것을 비스마르크만큼 정확히 아는 사람은 없었다. 이런 맥락에서 그는 유럽의 동과 서에서 균형의 정치를 펼치고자 했다. 독일의 지정학적 위치를 볼 때 그럴 수밖에 없다고 판단한 것이다. 비스마르크는 그 상황을 충분히 감당할 수 있었다. 이렇게 비스마르크는 유럽을 소요에 빠뜨리지 않으면서 독일제국의 힘을 키워갔다. 하지만 이 상황을 감당할 수 있었던 것은 비스마르크뿐이었음을 얼마 지나지 않아 독일은 고통스럽게 경험해야만 했다.

새로 건국된 독일제국은 강력한 국가로 발전해갔다. 힘의 균형 속에서 동맹을 형성하기에는 너무 비대해졌다. 하지만 다른 한편으로는 유럽에서 홀로 독자적인 길을 가기에는 너무 작은 국가이기도 했다. 비스마르크는 사회 여론이 주장한 도발적이고 과도한 요구들에 강력하게 저항했다. 1890년 그가 수상 자리에서 해임된 후 식민지 개척과 해상권, 강력한 무력함대를 구축해야 한다는 주장 등에 힘이 실리게 되었다.

제26장

민족주의의 혼선과 과오

평화로운 아르카디아(Arkadien, 그리스의 산악지역으로 목가적이고 고립적인 특징으로 묘사된다)라는 독일 국가의 애칭은 사라졌다. 19세기 초반 프랑스의 드 스딸 부인이 "사상의 고장"(La patrie de la pensee)이라 칭한 독일은 이제 권력과 영광을 추구하고 있었다. 함바흐에서 결의한 민족국가 건설을 위한 시민사회의 지향점들은 한쪽 구석으로 밀려나게 되었다.

이제 베를린은 위대한 학문적 성과와 경제적 번영의 시대에 독일 제국의 중심이 되었다. 점차 베를린은 모스끄바와 대서양 연안 사이에서 가장 발전한 산업중심지로 변모해갔고 유럽의 교통요충지가 되었다.

그러나 정작 필요한 정치적 처신은 신중하지 못했다. 비스마르크는 다섯개 공으로 하는 놀이의 예술성에 대해 말한 바 있다. 그러나 이제 모토는 '전속력을 다해서 앞으로'였다.

독일뿐만 아니라 유럽 전역에서 민족주의 정서가 뜨겁게 달아오르고 있었다. 어느 특정 민족에 속한다는 것이 의미있고 우선적인 가치가 되었다. 사람들은 다른 민족보다 우월하다고 생각하기 시작했다. 자신의 나라에 대해서는 높게 평가하고 이웃 나라의 명성은 깎아내렸다. 프랑스의 국경일은 7월 14일이다. 이는 1789년 프랑스 혁명 당시 바스띠유 함락을 기념하는 날로, 프랑스 국민들의 자긍심의 기반이 되었다. 이에 반해 독일제국은 매년 9월 2일을 기념했는데, 이는 1870년 스당(Sedan)에서 프랑스를 상대로 거둔 승전을 자축하는 의미가 있다.

이런 것들이 바로 유럽의 민족주의 기류를 나타냈다. 독일이 민족주의운동을 주도한 것은 아니었다. 독일은 오히려 후발 주자였다. 그럼에도 불구하고 독일에서는 민족주의 정서가 강하게 불타올랐고, 이에 맞서 다수의 주변 국가들이 독일에 대항하여 대연합을 이루었다. 비스마르크 수상이 우려하던 바가 현실로 나타난 것이다.

당시 젊은 나이의 윈스턴 처칠은 독일이 대영제국처럼 강력한 제국을 꿈꾼다고 주장한 바 있다. 가장 강력한 제국의 자리를 둘러싼 대결은 불가피해졌다. 1914년에 급기야 1차대전이 발발했다. 미국의 저명한 정치 사상가이자 외교관인 조지 케넌(G. Kennan)은 후일 이 대전을 "유럽 대륙에서의 비극의 씨앗"으로 묘사한 바 있다. 1918년, 4년여의 참혹한 전쟁은 헤아릴 수 없는 수많은 희생자를 남기고 드디어 끝이 났고 독일은 제압되었다.

독일과 전쟁을 치른 국가들에서는 민족주의 의식이 더욱 강해졌다. 하지만 이에 반해 독일의 민족주의 정서는 강요된 베르사유조약 체결로 한풀 꺾이게 되었다. 1차대전 이후 맺어진 베르사유조약으로 폭력과 증오로 얼룩진 유럽 대륙의 평화와 단합이 이루어지지는 못했다. 유럽 국가들 간의 연대와 통합은 더욱 멀어져만 갔다.

여러 위험이 내재한 상황을 제대로 이해하고 이에 책임감을 갖고 대응한 국가지도자는 소수에 불과했다. 이런 상황에서 국제연맹의 창시자인 미국의 우드로 윌슨(W. Wilson) 대통령의 경우는 모범적인 지도자로 평가해야 할 것이다. 그런데 당시 미국 의회는 자국의 국제연맹 가입을 주장하는 윌슨 대통령에게 거부권을 행사했다. 이로써 윌슨 대통령은 세계무대에서 한걸음 물러서야만 했다. 미국 내의 이러한 분위기는 미국을 고립의 시기로 내몰았다. 이에 반해 러시아는 1917년 짜르(Czar)체제가 붕괴하고 혁명과 유혈 내전을 거쳐 레닌이 이끄는 공산당이 권력을 잡았다. 이로써 러시아 또한 장기간 국제무대에서 고립되었다.

베르사유에서 독일인들에게 내려진 단죄와 책임은 늘 새로운 갈등의 원인이 되었다. 황제 제국에서 공화국으로 이행하는 과정은 패전국이 감당하기 쉽지 않았지만, 그 자체가 고무적 발전과정이었으며 처음으로 역사적 의미가 있는 시민사회적·정당정치적 의회주의의 토대가 되었다. 프로이센에서 둥지를 튼 민주정부들은 〔히틀러의 등장 이전인〕 1932년까지 매우 긍정적인 역할을 한 사례라 할 수 있다.

그러나 민주–공화적 제도 정착에 능동적으로 참여하는 시민들의 숫자나 응집력은 전체적으로 매우 미약했다. 좌우 이념을 표방하는 급진세력들은 세를 확장해갔다. 1929년 세계대공황 이후 독일은 사회적·경제적으로 매우 힘든 시기를 겪었다. 그 시기를 겪고 나자 드디어 1933년, 히틀러가 민족주의를 선동하며 권력을 잡게 된다.

그의 독재는 초기에 외교정책 분야에서 일부 성공을 거두는 것처럼 보였다. 자를란트(Saarland)가 다시 독일에 귀속했고, 런던과는 해군협정을 맺었다. 폴란드와는 1934년 상호불가침 조약을, 바띠깐과는 정치와 종교에 관한 조약을 체결하기도 했다. 히틀러는 의무 군복무 제도를 재도입했고 라인란트(Rheinland)를 서방 진영의 큰 저항 없이 점령했다.

그런데 히틀러는 전쟁 준비와 유대인 말살이라는 상상할 수 없는 잔인무도한 목표를 향해 더욱 체계적으로 군사적 무장을 해나갔다. 그 결과, 히틀러가 1939년부터 지구 절반과 벌인 전쟁과 홀로코스트가 시작되었다. 종국에 독일은 파괴되었고, 패전국이 되어 점령당하고 분단국이 되었다. 이런 결과는 역사적·정치적으로 독일문제를 논함에 있어 어떤 의미가 있는 것일까?

오늘날 우리 독일인들의 절대 다수는 이러한 역사적 과정들을 직접 경험하지 못했다. 그럼에도 우리는 이 대사건의 힘든 후유증으로 충분히 고통 받았고, 1945년 이후에는 새 출발을 위해 전력을 기울여야 했다. 이 과정들을 거치며 독일민족의 미래에 대한 물음에 확고한 해답을 찾고자 했다.

시간이 흐를수록 더욱 적극적인 시민들의 참여가 큰 역할을 했다. 과거의 중대한 오류를 올바로 인식하는 것은 오늘날 우리 독일인들이 어떤 위치에 있고 어떤 과제를 준비해나가야 하는가를 더 잘 이해하는 데 유용할 것이다.

제27장

유럽 내 독일의 위상

2차대전은 유럽 대륙을 두쪽으로 갈라놓고 말았다. 독일은 거의 모든 주변 국가들과 전쟁을 치렀다. 이로써 독일은 종전 후 분단되고 말았다.

승전국 안에서도 수퍼파워, 미국과 소련은 점차 서로 대립적인 관계가 되었다. 두 나라 간의 적대적 관계는 냉전체제를 낳았다.

이러한 시대상황 속에 유럽 내에서는 유럽 통합이라는 새로운 정신이 조금씩 움트기 시작했다. 이러한 사조는 결국 유럽 국가들 간의 역사적 적대관계를 청산하고 전세계적으로는 정치·경제적 난관들을 공동의 노력으로 극복해내는 계기가 되었다. 이러한 일련의 과정들 속에서 독일은 EU의 중심에서 점차 확고한 위상을 세워갔다.

EU의 역사는 독일의 분단, 유럽 분단의 역사와 궤를 같이 한다.

그리하여 EU는 우선 서유럽과 서독에서만 성과를 보일 수 있었다.

통일 유럽으로 발전해나가는 과정에서 독일은 이제 동서독의 구분이 없다. 독일인들은 국제사회가 독일 통일을 승인해준 것은 통일을 이룬 후에도 독일이 EU의 일원으로 남는다는 전제하에서였다는 것을 잘 안다. 유럽 통일의 방향이 우리가 국제사회에 대해서 인식하는 기본적인 의무와 관심 내용과 일치한다는 것은 주지의 사실이다. 현재 우리가 처한 위기상황들만을 보더라도 그렇다. 세계적인 금융위기 한가운데서 유럽의 단일화폐인 유로(Euro)화가 없었다면 우리는 현재 어떤 상황에 있겠는가?

오늘날 유럽에서 독일의 위상을 회고하고 독일의 미래를 조망하는 중심은 베를린이지만, 2차대전 종전 이후 통일을 달성하는 과정에서는 당시 서독의 수도 본이 중심적인 역할을 했다. 당시에는 서독만이 모든 의사결정 과정에 참여할 수 있는 구조였다. 서독정부가 주도한 외교정책은 통일 후에도 대부분 유효하게 진행되고 있다. 현재의 EU 상황을 보더라도 그렇고, 우리가 직면한 과제들을 놓고 보더라도 그렇다.

서독정부는 2차대전 직후 곧바로 과거의 적대국들과 화해하고 미래의 평화를 보장하기 위한 약속을 맺을 수 있는 기회가 있었다. 이로써 예상을 뛰어넘는 빠른 속도로 역사적 발전을 이루어냈다. 매우 놀라운 성공의 역사다. 이러한 과정은 독자적인 입법·사법·행정 기능이 있는 EU 결성의 중요한 계기가 되었다.

이러한 발전 과정들은 우리의 역사관에 어떤 영향을 주었는가? 일찍이 독일 의회에서도 새로운 유럽의 가능성에 기대를 거는 정치적 발언들이 적지 않게 나왔다. 심지어 '유럽국가' 건설을 주장하는 의회 연설까지 있었다. 사민당의 카를로 슈미트는 의회 연설에서 단순한 국가연합보다 더 높은 차원에서 유럽 국가 간 협력관계를 모색해야 한다는 높은 기대감을 표현하기도 했다. 실제 역사적 동인이 내재하고 정치적 역량을 보장하는 실질적인 '유럽국가'를 세우는 것이 필요하다는 주장이었다. 이를 통해서만이 반세기 동안 파괴적인 대전을 촉발한 민족주의의 끔찍한 전염병을 마침내 치유할 수 있다는 것이었다.

역사는 의심할 여지 없이 이전과 다른 새로운 방향으로 우리를 이끌었는데, 슈미트가 주장한 것과는 다소 다른 방향이었다. 각 나라마다 과거의 중대한 실수와 오류들을 청산하는 법을 배웠다. 동시에 자신들의 고향의 뿌리를 보호하는 데도 성공했다.

시민들은 여전히 자신들이 속한 국가체제에 예속되어 있었고, 독립적인 국가체제는 변함없이 유지되었다. EU의 태동은 이처럼 합리적이고 필수적인 고향이라는 인간적인 삶의 토대를 송두리째 희생하면서 나타난 것이 아니었다. EU의 태동은 유럽 역사에서 유일무이하다 할 수 있는 각 국가들의 주권 포기를 통해서 가능했다. 그로 인해 각국도 내적으로 변했는데, 우리는 이제 탈고전적(postklassische) 민족국가가 된 것이다. 회원국들의 공동 권한에 기초를 둔 초국가적 연합체에 속하기 때문이다. EU 결성 후에도 우리는 각자의 민족국가 형태를 유지하고 또 앞으로도 이를 계속해서 유지하고자 한다.

EU는 국가적 안전과 사회보장 같은 주요 과제들을 단일국가 단위로는 지속적으로 충분히 보장할 수 없다는 판단에서 출현했다. 이 같은 인식은 일찍이 세계 어느 곳에도 없었다. 이제 EU의 발전 방향에 대해 지구 전역의 관심이 점점 더 증대하고 있다.

우리 유럽인들이 EU 체제 안에서 더 안정감을 느낄수록, 우리는 각자 주변국들 사이에서 스스로 고립시키는 행동을 더이상 하지 않게 될 것이다. 그러한 태도는 자신뿐만 아니라 주변국들에게도 손해가 될 뿐이다.

EU의 모든 발전단계들은 2차대전 이래로 실무적·경제적 측면에서뿐만 아니라 역사적·정치적 측면에 기초를 두었다. 광산연맹(Montanunion)의 경우를 보더라도 1951년 결성 목적이 석탄과 철강 산업의 통합에만 있지 않았고 국가 간의 적대적 군비확장을 저지하는 데 있었다.

필수적 전투력에 기초를 둔 통일된 안보정책 구현 문제는 독일에 있어 다른 다섯 개 EU 창설 회원국보다, 특히 프랑스보다 시급한 현안이었다. 이는 유럽 국방연합(EVG)의 결성을 준비하는 과정에서 드러났다. 프랑스정부는 50년대 초반, 핵보유국으로서 특수한 위상을 누렸으며, 이는 프랑스의 유엔안전보장이사회 상임이사국 회원 자격에 의해 더욱 뒷받침되었다. 그런데 프랑스는 핵보유국과 상임이사국의 특수 지위를 유럽 안에서 포기하지 않으려 했다. 그럼에도 프랑스는 수십년이 흐른 지금 NATO의 적극적인 회원국으로 돌아왔다.

EU는 결성 초기에 경제적인 측면에서 활동이 많았다. 관세동맹이 체결되어 후일 단일시장이 성공적으로 정착하는 데 기여했다. 단일시장은 국제정치적 측면에서 볼 때 대단히 이례적인 성과물이라 할 수 있다. 단일시장이 형성되는 데에는 프랑스 출신으로 후일 EU 집행위원장을 지낸 자끄 들로어의 역할이 매우 컸다고 본다. 그는 1980년대 유럽 단일시장을 위한 준비작업을 매우 성공적으로 이끌었다. 농업정책도 일찍이 통합 운영되었다. 4대 자유교역 품목도 일찍이 합의되었다. 인력, 상품, 서비스, 자본의 자유로운 교류가 보장되었다. 이 모든 것은 단순한 자유무역지대 체제를 뛰어넘었다.

유럽의 단일시장 형성은 유럽 공동의 수출정책으로 효력을 발휘하고 있다. 세계무역기구에서 EU는 단일한 목소리에 의해 대표된다. 유럽 단일시장 안에서 경쟁은 조종·통제된다. EU 내에서 유효한 '법규정집'(acquis communautaire)도 만들어졌다. 1953년부터 유럽 법원이 적극적인 활동을 하고 있다. 유럽 법원의 판결은 EU 회원국 내에서 구속력이 있다.

세계 최대 경제블록으로서 EU 단일시장의 발 빠른 성장은 1990년대 새로운 도전에 직면했다. 바로 동유럽 국가들에게 회원가입을 권하는 일이었다. 더 정확히 표현하자면 이 국가들의 회원 자격 요구에 적절히 대응하는 문제였다.

이러한 상황 변화 속에서 EU는 신규 회원국 가입을 위한 경제적·정치적 전제조건들을 마련해나갔다. 소위 말하는 1993년의 코펜하겐 기준이 바로 그것이다. 합의된 조건 내용에는 민주주의, 사법부의 독립, 인권, 소수자 보호가 포함되었다.

EU는 이내 두가지 핵심과제 사이에서 딜레마에 빠지게 되었다. 이 두가지 과제는 EU에는 중차대한 근본 가치로, 양립이 쉽지 않으면서 서로 밀접한 연관이 있었다. 하나는 바로 EU의 기능 '심화'문제였다. 이것은 EU 공동의 행동력을 지속적으로 강화해야 한다는 것이었다. EU의 대내외적 입장을 결정함에 있어 만장일치제가 존속하는 동안에는 종종 강력한 EU의 목소리를 내기가 어렵다는 것이다. 회원국 숫자가 많을 때에는 만장일치에 도달하기가 결코 쉽지 않다. 만장일치제에서 역시 가장 힘든 결정은 바로 외교-안보 정책 분야다. EU 회원국의 숫자가 늘어날수록 시급히 정리해야 할 것이 바로 만장일치제의 한계를 극복하는 문제다. 회원국들이 늘어날수록 종종 입장 차가 커질 개연성이 커지기 마련이기 때문이다.

두번째 과제는 바로 신규 회원국의 가입문제다. 냉전체제가 종식되고 옛 바르샤바조약기구 국가들에게 시급한 문제는 바로 하루라도 빨리 서구질서에 편입하는 것이었는데, 이는 바로 NATO와 EU 가입문제였다. 옛 바르샤바조약기구 국가들의 희망에 부응하는 것은 서유럽의 관심에도 부합했을 뿐만 아니라 유럽에서 지속적인 평화체제를 구축해야 한다는 EU의 책무에도 일치하는 것이었다.

우리는 구(舊) EU 체제하에서 신규 회원국의 가입을 승인하기 전에 EU의 기능 '심화'를 위해 급히 필요한 조약들을 합의할 시간도 여력도 없었다. EU 회원국으로서 우리는 여전히 개별 국가 단위에 속한다. 각 회원국 안에서 민주적 토론이 열리고 정부 대표를 선출한다. 유럽은 EU 회원국들의 선출된 정부 대표가 참여하는 유럽위원회(Europäischen Rat)에 의해 운영된다. 회원국 내 정부들은 각자 본국에서 EU의 활동과 관련해 증가하는 부정적 기류, 즉 기존의 민족국가적 권한들을 불투명하게 운영되는 '브뤼셀'의 EU 기관들에 이양하는 것에 반대하는 입장들에 맞서 정책을 추진해야 하는 상황에 있다.

우리는 유럽에서 일어나는 역사적인 변화, 특히 그 속에서 동유럽의 인접 국가들이 맡은 역할에 충분히 대응하고자 한다. 우리는 이국가들의 EU 가입 희망을 막을 수도 없었고 막을 의도도 없었다. 이로써 EU는 기능 '심화'라는 과제를 온전히 해결하지 못한 채 기구 확장의 흐름 속에 놓이게 되었다. 현재의 유럽 상황은 사실 회원국 확대 정책이 자체에서 시급히 발전해야 하는 기능 '심화' 차원에서도 필요한 순풍을 가져오는 것이었음을 보여준다. 이와 관련해 최근들어 가장 중요한 사례가 바로 2004년에 대규모 신규 회원국 가입과 유럽 헌법 초안 마련 작업이 동시에 이루어진 일이다.

유럽 헌법 초안은 현재[2009년] EU의 창설국인 프랑스와 네덜란드에서 여론의 저항에 부딪히면서 제2차 준비작업 중이다. 2007년 리스본조약의 합의 규정은 신중한 방법으로 EU의 행동력 강화를 위해 신속한 동기부여 장치를 마련할 수 있도록 허용하고 있다.

2004년 5월 1일자로 10개 국가가 새롭게 EU에 가입했다. 이를 두고 동부 유럽으로의 확장이라는 표현이 반복해서 회자한다. 이것은 지리적인 면에서는 타당해 보일 수 있으나 정치적 관점에서는 오해의 소지가 있다. 동쪽과 서쪽의 개념은 나라마다 서로 다를 수 있기 때문이다. 언젠가 네덜란드를 방문했을 때 겪은 일이다. 학생들은 유럽의 분단상황에 대해 독일이 어떤 입장을 갖고 있는지 궁금해했다. 그들은 독일이 통일되면서 동부 지역이 서쪽으로 옮겨온 것이 아니라고 인식했다. 오히려 그들의 생각에는 민주주의제도에 기반을 둔 서유럽권이 이미 서독이 건립되면서 동쪽으로 확장된 것이었다. 그들은 6개 국가가 참여해 만든 초기의 EU가 이미 동부 유럽 확장으로 발전했다고 이해했다.

우리는 결코 통일로 인해 독일이 동부 지역, 동부 유럽으로 확장되었다고 이해하지 않는다. 10개 나라가 새롭게 EU에 가입한 날은 우리의 역사적 안목에서 보면 유럽이 더 둥그렇게 완성되는 날이었다.

유럽은 과거에 대륙 중심부가 갈라져 쪼개졌으나 이제는 중심부에서부터 대륙이 다시 하나로 합쳐지는 중이다. 이런 면에서 2004년 5월 1일은 우리 독일인들에게 커다란 역사적인 의미가 있는 날이다.

독일은 대륙의 중심부에 있다. 아홉개 나라와 국경선을 맞대고 있다. 국경을 맞댄 이웃나라 수가 독일보다 많은 나라는 대국인 중국, 러시아, 브라질뿐이다. 어쩌면 이런 이유에서 지난 수백년간 독일의 역사는 독일인들만의 것이 아니었다. 독일의 역사는 늘 국내외적으로 영향을 주고받으면서 발전해왔다. 동서독의 통일을 위해서 우리는 그 누구도 강요한 적이 없었고, 모든 경험을 비추어볼 때 그 방법은 옳은 것이었다. 독일 통일은 전체 유럽의 동의하에 이루어진 것이다. 이 때문에 오늘날 독일에 인접한 어떤 나라도 우리를 경계하지 않는다. 독일 또한 어느 이웃나라에 대해서도 마찬가지로 두려워하지 않는다. 독일은 유럽 대륙의 중심부에서 평화적 위상을 찾아가면서 오랫동안 지속된 독일문제에 대한 해답을 얻었다.

제28장

독일의 역사는 계속 발전한다

프랑스의 역사학자이자 종교학자인 에르네스뜨 르낭(Ernest Renan)은 1882년 국가〔Nation, 민족으로도 해석된다〕란 무엇인가라는 주제로 유명한 연설을 한 바 있다. 그의 연설 요지는 한마디로 말해서, 국가란 '매일매일 하는 국민투표'(Plébiscite de tous les jours)라는 것이다. 즉, 이 말은 국가가 늘 변한다는 것을 의미한다고 볼 수 있다.

르낭은 최근까지 독일의 운명이던 분단국가를 알지 못했다. 그럼에도 작금의 상황을 놓고 보면 그의 주장은 충분히 시사하는 바가 있다. 변화는 자명하다. 우리 독일민족은 분열로 인해 여러 난관을 극복해야만 했다. 어렵게 하나로 통합된 것이 다시 무너질 위기에 놓이게 된 것이다. 이제 다시 통일이 되었다. 통일조약으로 정해진 형태의 기본법에서는 심지어 독일의 통일과 자유는 이제 "완성되었다"고까지 말한다. 대담한 관점이다! 하루하루 발전은 계속된다. 매일 우리는 새로운 도전에 직면하고 또 우리 자신을 다시금 되돌아보게 된다. 미국 헌법의 어휘 선택은 어찌 보면 더 신중하면서도 야심적이라고 볼 수 있다. "우리는 (…) 더 완벽한 연합을 형성하기 위해……" 이는 1787년 이래로 전해 내려오고 있다.

독일의 통일은 완벽한 것도, 완료된 형태도 아니다. 국민투표가 만장일치를 이루는 경우는 없다. 사회에는 이미 오래되었거나 새로운 분리선들이 그어져 있다. 많은 것들이 금방 사라지고, 또 어떤 것들은 변함없이 끈질기게 존재한다. 우리가 그것을 이해한다면 또한 그것을 극복해낼 수도 있다. 이는 그것들이 사라진다는 것을 뜻하지 않고 그것들에 대항해서 공동으로 결정하고 행위하는 것이 가능함을 의미한다.

대내외적으로 많은 요구사항들이 있다. 내적으로는 예를 들자면 고령화, 인구 감소, 이민자들의 사회통합, 고용과 사회보장제도 유지 등이 대표적인 현안이다. 외적으로는 시급한 현안들에 대해 이제는 더이상 한 나라가 독자적으로 문제를 해결할 수 있는 상황이 아니다.

국제사회의 활동에는 독일의 참여와 지원이 필요하다. 단순히 재정적 지원만 필요한 것은 아니다. 환경오염의 경우 이제 국경이 따로 없다. 금융시장 또한 단일국가의 통제 범위를 넘어섰다. 전세계적으로 심각한 재정위기가 나타나고 있는 것이 현실이다. 강대국들의 경제정책은 서로 맞붙으면서 국가 간의 심각한 불균형을 초래하고 있다. EU 안에서도 자국보호주의의 난제를 극복하지 못하고 있다. 우리 자신의 생활양식은 지속적인 세계화 현상에 많은 영항을 받고 있다. 세계화 이후 우리가 처한 상황과 해야 할 과제들이 끊임없이 변하고 있다.

제29장

세계질서 속에서 유럽의 과제

미래 과제의 방향을 설정할 때 우리 독일인들은 유럽의 역학관계를 고려해야만 하고 또 그렇게 할 수밖에 없는 것이 현실이다. 인구수나 경제규모 면에서 독일은 유럽 국가들 중 가장 큰 나라가 되었다. 지금 독일의 국력은 과거 분단상황과 비교했을 때 완전히 다른 차원이다. 여러 통계와 수치들을 놓고 볼 때 통일 전 서독은 당시 유럽공동체 내에서 프랑스, 영국, 이딸리아와 위상이 비슷했다. 그러나 통일 후 독일은 여러 면에서 이 국가들과 비교하면 더 무게감이 있는 국가가 된 것이 사실이다. 하지만 그렇다고 해서 독일이 어떤 문제를 유발하지는 않는다. 독일이 현재 다른 국가들에 대해 어떤 우위를 점하지도 않고 앞으로 그렇게 하려는 의도도 없기 때문이다. 그런데 EU 내에서 강대국은 현실적으로 무게감이 더 클 수밖에 없고 또 더 많은 책임감을 느껴야 한다는 것도 당연한 것이다. 지금까지 EU 발전사를 돌아보면 프랑스가 늘 선도적인 역할을 해왔다는 것을 부인할 수 없다. 이러한 구조적 측면에서 유럽 공동체 설립 초기부터 지금까지 줄곧 독일은 프랑스와 긴밀한 협력관계를 유지해왔다.

EU 차원의 단일화폐 도입 정책의 근간을 돌아보면, 이는 1970년대 프랑스의 지스까르 데스땡 대통령과 서독의 헬무트 슈미트 수상의 관심과 노력에 기반을 둔다. 이후 프랑수아 미떼랑 대통령과 헬무트 콜 수상이 프랑크푸르트 소재의 유럽 중앙은행 설립과 단일화폐(Euro) 도입에 주도적 역할을 수행했다.

EU 차원의 공동 외교안보 정책 구현을 위해서는 갈 길이 아직도 멀기만 하다. 모든 회원국들은 거부권을 행사할 수 있는데, EU 내에서 외교안보 정책과 관련해 공동 입장을 취하는 것은 여전히 어려운 과제로 남아 있다. 근래에도 회원국들이 제때 의견수렴을 못 한 적이 있었는데, 그것은 큰 잘못이었음이 드러났다. 대표적인 예가 바로 2003년 이라크전쟁이다. 사실 EU는 이라크전쟁 발발 전에 공동 입장을 모았어야 했는데 그렇게 하지 못했다. 당시 EU 회원국 중 벨기에 브뤼셀에 모여 의견을 모아보자고 주장한 국가는 하나도 없었다. 미국의 의사 개진 외에 서로 다른 두 입장이 표출되었는데, 하나는 영국 중심의 입장이었고 또다른 하나는 프랑스 중심의 시각이었다. 당시 미국의 조지 부시 대통령의 일방주의 노선은 이러한 EU 내의 이견을 유발한 측면이 있다. 당시 미 국방부 장관 도널드 럼스펠드는 유럽 내에 신(新) 유럽과 구(舊) 유럽 질서가 공존한다는 식의 교만한 발언으로 EU 회원국가들 사이에 갈등을 더욱 부추겼다. 당시에 나온 그의 "자발적 동맹"(alliance of willing) 발언만큼 범대서양권의 관계를 악화시킨 것은 또 없었다. 회원국가들의 절반이 호응하지 않는 '연합'이 도대체 무슨 의미가 있다는 말인가?

당시 이러한 외교정책적 지형 구도는 미국과 유럽에 모두 시사하는 바가 컸다. 미국 오바마정부가 출범한 이후에는 미국과 유럽 간 상호 긴밀한 협력관계가 매우 강조되는 양상이다. 현재 EU 내에서도 일치된 외교안보 정책노선을 확립해나가려는 노력이 변함없는 우선적 과제다. 이런 면에서 리스본조약의 구상은 올바른 방향으로 보인다. 그럼에도 우리는 언제나 행동력을 갖추어야만 한다. 그렇다면 어떻게 해야 하는가? 상황별로 속도를 조절해야 하는가? 그렇게 한다면 우리는 굳건한 유럽 체제로 갈 수 있을까? 그러나 이를 위해서도 EU 내부에 새로운 규약들이 필요한데 회원국들 간 합의가 결코 쉽지 않을 것이다. 종합적으로 과도한 기대는 바람직하지 않다는 것을 말하고자 하는 것이다.

규모가 더 큰 회원국들이 EU의 단일하고 분명한 목소리에 대해 그만큼 더 큰 관심과 책임이 있다는 것을 종종 경험한다. 이때에는 신속히 하나의 입장을 취하는 것이 중요하다. 최근의 사례들로 2008년 여름의 그루지야를 둘러싼 코카서스 분쟁과 현재 우리가 직면한 세계금융위기가 대표적인 경우다. 그루지야문제의 경우, EU 의장국이던 프랑스의 사르꼬지 대통령이 독일정부의 지원하에 곧바로 EU 명의의 성명을 발표했는데, 다른 회원국들은 단일 행동에 필요한 사전의 단계별 조약 행위 같은 절차도 없이 프랑스와 독일의 결정을 곧바로 따랐다.

이와 같은 방식이 매번 성공하리라는 보장은 없다. EU를 주도하는 위치에 있는 국가들 간에 논쟁이 일어날 수도 있다는 것이다. 일례로 세계금융위기 당시 자국의 자동차산업에 대한 보호정책을 통해 즉각적으로 대응하려 한 프랑스의 반응을 들 수 있다. 당시 프랑스의 정책노선은 EU의 단일시장 정신을 명백히 위반한 것이다.

그럼에도 우리는 공동의 외교정책과 관련해서 더 좋은 새로운 조약을 체결하기 전까지는 EU 차원의 단일한 입장을 취해야 할 경우가 또 올 것이며, 단일한 입장을 찾을 수 있을 것이다. 세계금융위기 과정에서 사태의 심각성을 제대로 인식하지 못한 채 주저하던 미국이 태도를 바꿔 소규모 모임이 아닌 G20 정상회의를 개최한 것도 바로 EU의 적극적인 노력이 있었기에 가능한 것이었다.

다른 긍정적 사례를 하나 더 들자면 기후변화와 관련된 EU의 공동대응 정책이다. 이 사안의 본질은 금융위기 속에서 야심찬 기후보호 프로그램들을 경기부양 정책과 연계하는 것이었다. 기후보호문제는 기술발전에 기초를 두어 해결책을 찾을 수밖에 없다. 일자리를 줄이지 않고 고용을 창출할 수 있는 사안이었다. 이런 면에서 본다면 기후보호문제는 경기부양 정책과 맞닿아 있는 것이다. EU의 노력으로 결국 기후보호문제는 글로벌 이슈가 되었다.

프랑스와 독일이 긴밀히 공조하기는 하지만, 우리는 냉전시대의 잔재 속에서 충분한 준비과정 없이 급하게 NATO와 EU에 가입한 국가들에도 더 많은 관심과 노력을 기울여야 한다. 폴란드와 체코, 러시아와 국경을 맞댄 발트해 연안 국가들이 대표적인 경우다.

우리는 이 국가들이 유럽 동부지역에서 겪은 경험들을 근본적으로 이해해야 한다. 이 국가들은 우리의 보호가 필요하다. 또한 EU가 러시아와 협력하기를 거부하거나 심지어 러시아를 고립시키는 행위를 하는 것은 러시아 인접 EU 회원국들을 위한 온전한 보호책이 될 수 없다는 점을 우리는 올바로 인식해야 한다. 그러한 행위는 반대상황만 초래할 뿐이다. 모든 EU 회원국들이 힘을 합쳐 우리가 늘 갈망해온 새로운 다리를 놓는 대신, 과거의 경험들만을 영속화시키게 될 것이다. 우리는 냉전시대에 소련에 대한 서방의 긴장완화 정책이 서방을 더욱 강하게 해줬다는 점을 경험한 바 있다.

러시아는 잘 알려진 것처럼 자원이 풍부한 대국으로, 앞서 살펴본 대로 격동의 역사를 경험한 국가다. 자국 내 분쟁지역이 늘 있어온 터라 국가운영 또한 쉽지 않다. 민주주의, 의사표현의 자유, 법치국가가 아직 완전한 상태가 아니다. 모스끄바와 구 소련에 속했던 국가들 간에는 아직도 긴장이 남아 있는 것이 현실이다.

러시아는 인도, 중국과 안보·에너지 분야의 정책공조를 위해 노력하고 있다. 모든 세계정치 현안에 대해 러시아는 어느 편에도 얽매이지 않고 독자적인 노선을 추구하려 하고 있다. 러시아는 자국의 이익을 독자적으로 관철할 수 있는 힘이 있는 나라이고, 세계질서 속에서 특정 국가의 독주를 견제하려 하며 또 실제로 그렇게 할 수 있는 국가다.

러시아는 세계무역기구(WTO) 가입을 위해 노력하고 있다〔원서가 출간된 뒤인 2011년 12월에 러시아는 WTO에 가입했다〕. 현재 모스끄바의 가장 중요한 교역 파트너는 EU다. 동유럽권에 대한 우리의 수출 품목들을 예외로 할 경우, EU와 러시아 간 가장 중요한 경제정책 이슈는 바로 에너지 수급 문제다. EU는 회원국 공동의 에너지정책을 수립하는 일에 느리게, 때로는 너무 느리게 움직이고 있다. EU 차원의 공동이익을 수호하기 위해 정책을 공조하는 문제는 점차 정치적 성격이 강한 EU의 중심 의제가 되어야 한다.

우리는 러시아가 인권을 존중하고 공정무역을 하는 데 지속적인 관심을 기울여나갈 것이다. 또한 우리는 EU에 새로 가입한 과거 동유럽권 국가들의 경험들을 소중히 여길 것이다. 그렇게 하지 않는다면 과도한 서유럽식 자기 확신만으로는 어떤 면에서도 현실을 제대로 인식하지 못하게 될 것이다. 러시아가 세계정치, 세계무역 질서에 편입하는 것은 우리의 이익에 부합하고, 우리에게 경계심보다는 더 많은 안정감을 가져다줄 것이다. 러시아는 적이 아니다.

현재 우리에게 중요한 현안은 범대서양권의 군사적 무장에 대한 감시와 군축 문제다. 이런 면에서 미국 오바마정부의 강력한 지원으로 재개된 NATO와 러시아 간 일련의 대화는 필요한 성과물이다. 양자 간 대화의 핵심 의제는 핵무기 감축, 대륙 간 탄도미사일 수 제한, 세계 도처에서 벌어지는 핵실험 방지 조약, 핵분열 물질의 생산 금지, 재래식 무기 감축 등이다.

지금까지 핵 보유국들은 군축과 관련해 국제조약상의 의무를 성실히 이행하지 않았다. 얼마 전 미국정부 주도로 나온 새로운 군축 정책은 전세계 핵무기를 단계적으로 폐기하는 것을 목표로 삼았다. 독일과 미국정부는 이와 관련해 정책공조를 공고히 하며, 책임감 있는 러시아 측 대화 파트너를 찾는 중이다. 핵무기 폐기라는 우리의 원대한 목표는 아직도 멀게만 느껴지는 것이 현실이다. 하지만 우리가 추구하는 정책의 방향만큼은 과거와 비교해볼 때 다행히도 분명히 변했다고 할 수 있다. 이것은 바로 현재의 핵무기 무장 경쟁으로 인한 무질서의 확산이 전세계인들을 더욱 위협에 빠뜨리게 할 수 있다는 점에 근거를 둔다.

서방 국가들과 러시아가 이란 관련 정책에 대해 공동보조를 취해가는 것은 이런 차원에서다. 이란은 고대 문화유산을 간직한 거대한 시아파 국가다. 이란은 아랍 세계에 속하지도 않고 아랍 대륙에 속한다고도 보기 어렵다. 그렇다고 해서 과거 러시아 대제국의 남부지역 부속국가 그룹에 포함되는 것도 아니다. 이스라엘, 러시아, 파키스탄, 인도, 미군이 주둔하는 이라크 등 이란은 핵 보유국들에 둘러싸여 있다. 즉, 이란도 자신의 안보를 걱정하지 않을 수 없다. 이런 배경에서 이란은 핵무기 제조 기술을 보유하고자 하는 것이고, 또 이를 통해서 교육수준이 높고 평균적으로 젊은이 비중이 높은 자국민의 생명과 안전을 보장하려고 하는 것이다.

테헤란이 핵을 평화적으로 이용하려고 한다면 이러한 권리를 아무도 부정하지 못할 것이다. 그러나 아흐마디네자드 이란 대통령의 이스라엘에 대한 무지막지한 반유대주의적 발언들은 이 지역 국가들을 긴장시키기에 충분하다. 핵 보유국으로서 이란이 가지게 될 위험성은 미국, 유럽, 러시아, 터키, 근동을 비롯한 중동 전 지역의 단호한 저항에 직면해 있는 현실이다. 이러한 대립적 구도를 극복하기 위한 국가 간 공동의 노력은 계속되고 있다.

유럽인들은 이러한 노력의 일환으로 안보정책적 현안들을 넘어서 유럽 주변 국가들과 형성하는 관계를 중시한다. EU는 유럽과 국경을 맞댄 나라들의 정치적·경제적 안정을 강력히 바라고 있다. 우리는 EU의 지속적인 외연확장 정책만을 추구할 수는 없다.

EU는 세르비아, 우끄라이나 외에도 지중해 연안 국가, 중동 지역 국가들과 관계를 증진하는 데에도 관심을 기울이고 있다. 또한 북아프리카 흑해 연안 국가들까지도 유럽과 교류를 증진하는 데에 관심을 보인다. 바로 이러한 매력은 EU의 강점 요소라고 볼 수 있다. 또 다른 한편으로는 우리가 이 지역 국가들의 내부갈등과 긴장 상황에 깊숙히 얽혀 있다는 사실이다. 우리에게 중요한 문제는 미국과 공조하여 이스라엘의 존립 기반을 강화하는 것이다. 이스라엘의 안정은 장기적으로 볼 때 이스라엘의 군사적 위상만으로 보장할 수 있는 것이 아니며, 이스라엘과 지금까지 아직 합의를 이루지 못한 주변국들 간의 쟁점들에 대한 타결 선언을 통해서만 비로소 가능하다. 우선 타결되어야 할 문제는 안정된 미래가 보장된 팔레스타인 국가 건설이다. 이후 이스라엘과 시리아의 협상이 가능하게 될 것이고 합의점을 찾을 수 있게 될 것이다. 시리아는 '신의 나라'(Gottesstaat)가 아니다. 시리아는 자국에서 이란의 세력 확장을 바라지도 않고 이슬람 근본주의 국가 건설을 희망하지도 않는다. 중동 지역의 세번째 과제는 레바논의 독립문제다.

우리 유럽인들에게 이슬람 세계와 안정적인 관계를 구축하는 일은 중요한 의미가 있다. 유럽의 남부와 동남부 지역에서 이슬람 국가들과 국경을 맞대고 있는 것은 미국이 아니라 바로 유럽인들이다. 15억 이슬람 신도들이 유럽 주변 국가들에서 살고 있다. 유럽 안에도 1500만명 이상의 이슬람 신도들이 있다. 전세계적으로 이슬람 인구수는 계속해서 늘고 있지만, 유럽 국가들의 인구수는 감소하고 있다. 이 때문에 유럽으로 많은 이민자들이 들어오고 있고, 이중 다수가 이슬람 신도들이다.

이와 동시에 우리는 테러리스트들에 맞대응해야 한다. 이들은 이슬람의 왜곡된 형태를 신봉한다. 2001년에 일어난 9·11테러 사태는 미국인들에게 우리가 헤아릴 수 없을 만큼 엄청난 충격을 주었다. 9·11은 위대하고 거룩한 세계 종교 이슬람의 이미지에 엄청난 타격을 주었다.

그러나 중요한 점은 이슬람권 전체를 싸잡아 판단하는 것이 바람직하지 않다는 것이다. 미국 국민들은 자국에 대한 테러 공격에 혼신의 힘을 다해 대처했다. 그럼에도 미국과 유럽 대륙 간에는 종종 용어에 대한 해석의 차이가 발생한다. 대서양 저편(미국)에서는 이슬람과 이슬람주의자의 개념을 종종 구분 없이 사용한다. 미국에서는 더 나아가 이슬람파시즘이라는 표현까지 등장했다.

그러나 미국의 정치학자 새뮤얼 헌팅턴이 지적한 '문명의 충돌'(clash of civilizations)은 우리의 경험상 서로 다른 종교 간에서뿐만 아니라 특히 동일 종교 안에서도 일어난다. 이슬람교 신자의 절대 다수는 이슬람주의를 표방하는 테러에 강력한 반대 입장을 드러낸다.

종교적 배경에 기반을 둔 폭력행위는 그 파장이 더욱 크다. 기독교를 포함해 지난 수천년 역사는 우리에게 이 같은 교훈을 심어주었다. 이런 면에서 문화 간의 대화는 무엇보다도 중요하다. 유럽인들은 유럽 주변 국가들과 관계를 이루면서 서로 문화적으로 생소해지지 않도록 유의해야 한다. 이 점은 이슬람 문화권에서 온 이주민들과 형성하는 관계에서도 중요하다.

대서양권의 서방세계가 아직도 해결하지 못한 중동지역의 무거운 과제가 바로 아프가니스탄 문제다. 현재 아프가니스탄 내에는 NATO 군이 유엔 안보리 자격으로 주둔한다. 이는 당시 알카에다 테러 집단의 주요 근거지가 그곳이었기 때문이다.

그사이 아프가니스탄은 우리에게 새로운 경험들을 안겨주고 있다. 그러나 이것은 실제로 아프가니스탄에 대한 이전의 모든 외부의 군사적 침공이 가져온 늘 같은 결과에 대한 새로운 인식일 뿐이다. 즉, 고대 이래로 어떤 외부세력도 아프가니스탄에 들어가 자신의 목표를 달성한 적이 없다는 것이다. 최근의 경우를 보더라도 두 번에 걸친 영국군의 진주, 소련군의 침공이 모두 소기의 목적을 이루지 못했다. 무엇보다 험준한 산악 지형의 악조건을 외부의 군대들은 극복해내지 못했다. 다양한 민족 구성, 지방 부족, 강력한 지방 권력자들, 부패, 마약, 권위 없는 정부, 종교·테러 광신자, 서(西)파키스탄과의 분쟁. 이 모든 것 때문에 우리〔서방 세력〕가 아프가니스탄의 국민투표를 지원함에도 불구하고 국민투표가 많은 문제들을 해결할 것이라는 기대감이 지속적으로 낮아지는 것이다. 미국의 오바마 대통령도 아프가니스탄을 중점관리 지역으로 선포했다. 동시에 그는 아프가니스탄에서 군사적으로 성공할 가능성에 대해서도 매우 신중하게 말하고 있다. 최근 대화의지를 보이는 탈레반 이슬람주의자들과 생산적으로 접촉하는 시도도 권고되고 있다. 중요한 것은 아프가니스탄의 주변 국가들과 협력관계를 구축하는 일에 주안점을 두고 있다는 것이다.

오래전 우리는 터키와 EU 가입 문제와 관련한 협의를 시작했다. 터키와 벌이는 협상은 하나의 시범 사례가 될 수 있다. 다시 말해 협상을 통해 EU 가입을 허용한다거나 다른 방식의 협력 모델이 강구할 수 있는지 여부를 우리는 보게 될 것이다. 우리는 모든 가능성을 열어두고 터키와 신중히 대화하고 있다. 어느 쪽에서도 특정한 결과를 예단해서는 안 된다. EU 가입 허용이나 불허, 둘 중 하나만을 전제로 할 경우, 접촉 자체가 구체화하기도 전에 물거품이 되어버릴 수도 있다. 어떤 경우든 협상 자체는 유럽과 이슬람 세계의 관계를 위해서 중요한 의미를 띠게 될 것이다.

현재 우리는 터키에서 진행되는 이슬람 다수당과 비종교적인 케말(kemal)주의자 측의 개혁운동을 예의 주시한다. 중동지역의 모든 현안 타결 여부는 터키의 기여에 기반을 두었기 때문에 터키는 포기할 수 없는 중요한 가치가 있다.

서방세계의 대중국 관계에서 현재 중요한 현안은 세계금융위기 극복문제다. 미국과 중국 양측은 전례를 찾기 힘들 정도로 정책공조에 애쓰고 있다. 미국은 수년째 긴축정책을 쓰지 않고 있다. 수지 균형을 위해 미국은 다른 나라들의 예금을 채권으로 들여왔다. 이 과정에 중국이 깊숙이 관여한다. 중국이 미국의 공채를 사들이고 동시에 미국에 대한 수출을 평가절하 환율로 유도했기 때문에 금융질서가 붕괴되지 않을 수 있었다. 이렇게 두 나라는 세계 금융시장에서 막대한 영향력을 행사한다.

양국 간의 관계를 더 깊이 들여다보지 않더라도 현 상황에서 서방세계와 중국의 관계가 장기적으로 어떤 발전 양상을 견지해야 하는가 하는 질문은 제기될 수 있다. 중국 지도부는 결과적으로 두가지 목표를 지향한다. 하나는 경제성장을 계속해서 촉진하는 것이고, 또 다른 하나는 중앙정치에 대한 참여 요구를 최소화하는 것이다. 1985년 이후 소련이 전제주의적 정치 방식을 희생하면서까지 밟은 경제개혁 과정들은 중국에 있어 체제 위협적인 사례로 인식되고 있다.

그러나 중국경제의 성장에는 학문과 기술의 발전, 교육과 문호개방, 글로벌 경쟁 상황에 대한 안목 등이 필요하다. 현재 중국은 해외유학과 국제사회활동을 필요로 하고 이를 장려하고 있다.

중국 내 기업들도 생산성이 매우 높다. 이제 갈수록 중요해지는 것은 법적 보호, 기업의 자체 활동 보장 등 법질서를 세우는 문제다. 경제성장을 이루려는 지도층의 바람과 함께 중국사회 전반에서 자신의 권리를 강화하려는 일반 시민들의 욕구가 강하게 표출되고 있다. 동시에 성실히 일하는 수많은 사람들의 성공과 미래기회 보장에 대한 요구가 높아지고 있다.

얼마 전, 얀 로스(Jan Ross)는 서방세계가 중국과 경쟁하면서 우리에게 남는 가치는 무엇인지 연구했다. 그는 먼저 상호관계의 기능적 황금률에 대한 요구를 지적한다. 사람은 법적 보호 속에서 자신이 대우받은 만큼 그대로 똑같이 다른 사람을 대해야 한다는 것이다. 즉, 상호 간의 법적 보호가 필요하다. 다음으로는 노력한 자에게 행운이 있다는 기대다. 이것은 'the pursuit of happiness', 즉 개인의 삶에서 행복추구권의 장려다. 이 언급은 이미 1776년 미국 독립선언문에서 나오기도 했다.

중국인들은 유교적 전통이 있다. 따라서 우리는 중국인들과 교류할 때 이 점에 유념할 필요가 있다. 동시에 우리는 인간의 노력 속에는 어느 것이나 유사한 목표가 있다는 점을 고려해야 한다. 우리를 서로 갈라놓는 것이 여전히 많더라도, 독일이 오래전부터 베이징과 진행하는 법치국가대화(Rechtsstaatsdialog)는 이로써 장기적으로 더욱 성과를 보이게 될 것이다. 우리의 본질적인〔공동의〕가치에 대한 경험은 중국과 나누는 대화에서 유용할 것으로 본다.

세계화 시대에 점차 분명해지는 것은 폭력과 테러는 우리가 그 원인에 접근해야 퇴치할 수 있다는 것이다. 세계는 1945년 UN이 창설되었음에도 이러한 원인규명 작업에 많은 신경을 쓰지 못했고, 차마 생각하지도 못했다. 바로 이런 면에서 UN의 새로운 발전과 진정한 개혁 작업이 필요한 것이다.

당시 1945년에는 3차대전을 방지하는 것이 중차대한 목표였다. 이를 위해 UN 안전보장이사회가 강한 군사력을 갖춘 상임이사국 체제로 만들어진 것이다.

오늘날 우리가 이룬 전세계의 경제적·사회적 발전, 인구 성장, 빈곤, 질병과 이주, 시급히 필요한 공동의 자연·환경 보호 의무, 식수 관리, 세계적으로 통제되지 않고 우리가 경험한 것처럼 끔찍한 결과를 초래할 수 있는 금융거래들 등 이 모든 것들을 위해서 UN의 영향력이 더욱 공고해질 필요가 있다. 세계적 현안들 중에서 다수는 안보리 논의 중심의 군사적 수단만으로는 해결될 수 없다는 것이 현실이다. 이런 면에서 본다면 UN의 운영과 행동 방식에 변화와 개혁이 시급히 필요하다.

앞서 기술한 영역들에서 우리는 EU의 목소리를 더욱 강화해야 하고 또 강화할 수 있을 것이다. 우리가 유럽위원회에서 외교정책과 관련해 다수결 원칙을 여전히 모색 중이긴 하지만, 유럽의 영향력은 점점 권위와 자신감을 얻고 있다.

제30장

통일-자유-유럽

우리 독일인들은 오늘날 이 막중한 과제들에 직면해 있다. 이 과제들은 세계화 과정에서 전세계 파트너 국가들, 이웃 대륙들, EU 회원국들과의 관계에서 생겨나는 문제들이다. 우리는 그 문제들을 독일의 동부와 서부 지역과 함께 공유한다. 우리는 우리에게 부과된 과제들을 점차 해결해나가게 될 것이다. 이 점은 독일의 분단극복에서 중요한 동인이 역사발전 과정에서 축적된 시민계급의 힘이었기에 더더욱 그렇다고 하겠다. 이러한 시민계급의 힘으로 과거 동독의 정치, 이념적 제도는 근간을 잃게 되었고 종국에는 붕괴하게 된 것이다. 베를린장벽을 극복한 것은 바로 시민들의 힘이었다. 또한 독일에서 냉전체제가 종식하는 데에서도 바로 시민들이 결정적인 힘을 발휘했다. 독일 통일의 모든 과정을 회고할 때에는 시민들의 이 같은 기여를 최우선적으로 생각하게 된다.

40년간의 분단 후, 상대에 대해 그리고 상대에게서 서로 배워나가야 하는 우리의 과제는 통일 후 20년이 지났지만 여전히 미완으로 남아 있다. 통일에서 비롯되는 과업들은 아직도 불공평하게 분배되어 있다. 특히 동독지역 주민들에게 종종 무리한 변화들이 요구되었다. 많은 사람들이 직업 전환 교육을 받아야 했고, 동독지역의 실업률 또한 서독에 비해 줄곧 훨씬 높았다. 그럼에도 동독에서는 탁월한 적응력을 보인 매우 인상깊은 사례들도 있다.

서독 사람들의 피상적이고 무지한 생각, 즉 동독 사람들이 잘못된 체제에서 근본적으로 '잘못된 삶'을 살아왔다는 편견은 드디어 사라져간다.

서독사회에 시사점을 주면서 정치적·사회적으로 충분히 논의할 가치가 있는 동독의 제도들도 있다. 예를 들면 12년 초·중·고 학제, 고령화뿐만이 아니라 여러 원인들에 기인하는 사회건강제도 비용의 급격한 증가에 대한 대안, 근래 동독에서 성공적으로 추진된 도시 재건축사업과 교통망 정비를 포함한 사회간접자본 확충 등이 대표적인 사례에 속한다. 그럼에도 가장 기억에 남는 사건은 동독 시민들의 1989년 혁명과 독일 통일 과정에 대한 기여다.

작가 토마스 만은 1945년 미국 워싱턴 의회도서관에서 '독일과 독일인'을 주제로 한 연설에서 "국가의 개념을 자유의 개념과 동일시"한 성공적인 혁명은 독일 역사에서 존재한 적이 없다고 말한 바 있다. 그는 공화제에 대한 자신의 시각을 담은 「정치에 무관심한 자의 고찰」, 「독일 공화국」에서 워싱턴 연설에 이르기까지 여러 시대

상황을 조망한 다수의 정치 분석에서 탁월하면서도 자주 논쟁적 관점을 유발하는 다양한 시각들을 제시하기도 했다.

분명 1789년 프랑스혁명이나 1917년 러시아혁명 같은 대사건이 독일 역사에서는 존재하지 않았다. 하지만 통일독일은 동독의 독재 체제하에서 시민들이 스스로 의사를 표현하여 종국에 자유와 민주주의를 성취한 것을 잊지 않을 것이다. 이것은 분명 자유혁명이었다.

1832년 함바흐에서 열린 독일 역사상 첫 대규모 군중집회에서 나온 세가지 화음, 즉 "자유, 통일, 유럽"은 독일인들에게 여전히 중요한 의미가 있다. 이때 민족국가를 유럽 속에서 건립하고자 한다는 의사도 분명하게 표출했다는 것을 우리는 잘 안다. 그럼에도 이때에도 우리가 우선에 둔 가치는 항상 '자유'였다. '자유'가 보장되지 않은 국가는 결코 있을 수 없는 것이었다. 베를린장벽이 붕괴하기 직전인 1989년 가을, 동독 내 시위 군중도 이와 같이 인식했다. 동시에 당시 동독인들은 1975년 헬싱키 정상회의 이래로 자유를 향한 투쟁을 벌여온 과거 동유럽권 국가 시민들의 민주화운동 정신과 함께 이어져 있었다.

냉전이 끝나고 미국의 저명한 정치학자 프랜시스 푸쿠야마는 『역사의 종말』이라는 책을 썼다. 그러나 그가 쓴 내용은 오히려 새로운 역사의 장이 시작되기 직전의 한 장의 끝이었다. 여기에서 우리는 국가란 하루하루의 투표 행위와 같은 것이라는 르낭의 경고를 기억하고 또 잊지 말아야 한다.

민족적·국가적 차원에서 우리가 이룩한 통일은 늘 새로운 기쁨과 고마움으로 우리를 충만하게 해준다. 그런데 이와 더불어 우리에게는 책임과 과제가 있다. 무엇보다 중요한 것이 내적 통일이다. 이를 성취하기 위해 우리는 매일 노력하고 있는 것이다. 향후에도 두가지가 우리에게 유용할 것이다. '우리의 사적 경험들을 함께 공유하는 것'과 '독일과 유럽에서 우리의 장구한 공동의 역사에 대한 성찰'이 바로 그것이다.

좋은 미래는 분명한 기억을 필요로 한다.

1990년 10월 3일 '통일의 날' 연설문

모든 독일 국민에게 효력이 있는 독일연방공화국 헌법 전문에는 이 순간 우리를 모두 감동하게 하는 다음과 같이 대단히 중요한 내용이 있습니다. "우리는 자율적인 의사결정으로 독일의 통일과 자유를 완성한다. 우리는 통일된 유럽에서 세계평화에 기여하고자 한다. 우리는 우리에게 주어진 이와 같은 중차대한 과제들에 대해서 주님과 세계 모든 국민들 앞에서 책임을 통감한다"는 것입니다.

오늘 우리는 진심으로 고마움와 기쁨, 동시에 막중한 책임을 통감합니다. 유럽과 독일의 역사는 이 순간 우리에게 전례없는 새로운 기회를 부여하고 있습니다. 우리는 지금 긍정적 변화를 창조해나갈 수 있는 매우 귀중한 역사적 한 단계를 경험하고 있습니다. 우리는 오늘 이 순간의 값지고 소중한 의미를 결코 한순간도 잊어서는 안 될 것입니다.

독일 통일에 대해서 국내외적으로 많은 우려가 있다는 것을 잘 압니다. 주변 국가들의 이러한 유보적인 태도를 우리는 진지하게 받아들여야 합니다. 또한 세계 모든 국가들이 우리에게 바라는 기대에 부응하는 것이 얼마나 어려운 일인지를 잘 압니다. 그러나 우리는 두려움과 의심보다는 확신을 갖고자 합니다. 가장 중요한 것은 우리 앞에 놓인 과제들을 올바르게 인식하고 이를 모두 함께 완수해나가려는 확고한 의지일 것입니다. 이러한 의지는 유럽에서 과거(Herkunft)와 미래에 대한 사람들의 근심과 걱정을 해소할 수 있는 힘을 우리에게 줄 것입니다.

이번 통일 과정에서 우리 독일인들은 처음으로 유럽 대륙에서 쟁점을 야기하지 않았습니다. 독일 통일 과정에서 우리는 그 누구를 강요한 적도 없었고, 모든 것은 평화적인 절차로 진행되었습니다. 독일 통일은 모든 세계 민족의 자유와 이 대륙의 새로운 평화질서를 지향하는 유럽 역사발전 과정의 한 부분입니다. 우리 독일인들은 앞으로 이러한 목표가치에 도달하는 데 기여할 것입니다. 독일 통일은 유럽의 역사에 기여할 것입니다.

이제 우리는 임시적이 아닌 영구적 국가 형태를 이루었습니다. 그 어느 국가도 우리의 동질성과 불가침성을 이제 부정하지 못할 것입니다. 오늘 통일독일은 유럽에서 확고한 위상에 올랐습니다. 이것이 무엇을 의미하는지는 우리가 맞대고 있는 국경들을 통해서 잘 알 수 있습니다. 유럽의 어떤 국가도 우리만큼 국경이 많지 않습니다. 지난 수백년간 국경문제로 많은 분쟁이 있었고 또 많은 희생이 있었습니다. 이제 우리는 우리와 국경을 맞댄 이 모든 국가들과 확실하고 안전한 국경선 안에서 생활하고 있습니다. 국경은 무력사용을 포기함으로써 보호되고 있을 뿐만 아니라, 국경의 새로운 기능에 대해 통찰함으로써 보호되고 있습니다. 과거에 강제로 자신들의 고향을 떠나야 했던 이주민들의 고통은 이루 말할 수 없는 것이었습니다. 그러나 국경선에 대한 새로운 논쟁은 이제 아무런 의미가 없습니다. 그보다 국경이 지닌 분리하는 속성을 극복하는 것이 시급합니다. 독일의 모든 국경들은 이제 이웃나라들과의 관계에서 연결고리가 되어야 합니다. 이것이 바로 우리의 바람이며 목표입니다.

프랑스혁명의 정신은 미국과 영국의 헌법 제정과 더불어 서구의 민주주의 제도 정립에 중요한 토대가 되었습니다. 법치국가적·인도주의적 자유 개념이 생겼고, 이후 이는 점차 우리의 기준이 되었습니다. 그럼에도 이러한 개념은 어디에나 한번에 적용될 수 있는 것은 아닙니다. 정치적 자유와 능력, 성과 보상, 인간존중의 사회에 대한 열망이 높아지는 곳이라면, 심지어 베이징의 심장부에서조차도 사람들이 중요하게 생각하는 서구 민주주의의 가치와 규범들이 모범적 기준이 됩니다.

우리 독일인들은 일찍부터 민주주의 발전 과정에 참여했습니다. 그럼에도 우리는 정치 현실에서는 그 발전에 제대로 발맞추지 않았습니다. 우리의 법치국가 질서는 오랜 전통에서 발전했습니다. 나뽈레옹시대 프로이센의 개혁 과정에서 등장한 지방자치제도는 민주주의 제도 구현의 원천이 되었습니다. 파울교회(Paulskirche)의 집회에서도 우리 민족은 통일과 정의, 자유를 주장했습니다. 우리 민족은 늘 하나가 되기를 열망했고 결국 1871년 이 꿈을 이루었지만 이 것은 우리 자신의 결정에 의해 이루어진 것은 아니었습니다. 독일 내부의 질서와 유럽 내의 위상 정립을 위해 늘 제3의 길이 낭만적으로 모색되었습니다. 그러나 그것은 환상에 불과했습니다. 바이마르 공화국조차도 생명력 있는 민주주의를 구현해내지 못한 것입니다.

독일연방공화국이 건국되면서 독일의 분단이 서쪽〔서독〕에 의해 고착화하는 것이 아닌지에 대한 우려가 있었습니다. 하지만 상황은 막다른 골목으로 치닫지는 않았습니다. 우선 서독인들만이 새로운 길을 가게 되었습니다. 그러나 오늘 우리는 모두 함께 새로운 길을 갈 수 있게 되었습니다. 독일 통일은 단순히 연방공화국의 영토가 확장되었다는 것만을 의미하지 않습니다. 오늘 우리는 역사상 처음으로 전(全)독일이 함께 서구 민주주의 제도의 틀 안에서 영구적인 위상을 찾았습니다. 이것은 우리 자신과 우리 주변 국가들에게 일대 사건이라 할 수 있습니다. 이 변화는 유럽 중심부의 지형을 바꿔놓을 것입니다. 우리는 이러한 발전 과정에 주도적으로 참여할 것입니다. 서방의 우방국들과 공동보조를 취하면서, 우리의 공통의 목표와 가치를 구현해나갈 것입니다.

지난 분단 40년의 역사를 되돌아보면 우리 주변 국가들 사이에서 우리〔동서독〕의 운명은 상반되는 것이었습니다. 한쪽은 혜택을 보기도 했고 다른 한쪽에서는 불이익을 당하기도 했습니다. 하지만 그것은 우리 독일인들의 공동 운명이었습니다. 우리가 함께 나누는 그 운명에는 역사와 역사적 결과에 대한 책임이 포함됩니다.

동독 사회주의통일당(SED)은 독일의 분단을 고착화하려 했습니다. 그들은 역사에 대한 책임을 회피하기 위해서 사회주의적 미래사회 건설을 선언하기만 하면 그만이라고 생각한 것입니다. 그러나 동독 주민들의 경험과 느낌은 완전히 달랐습니다. 동독 주민들은 서독 주민들보다 더 큰 전쟁의 후유증에 시달려야 했습니다. 동독 주민들은 미래를 보장받기 위해서는 과거에 대한 책임있는 성찰이 반드시 필요하다는 것을 늘 느껴왔습니다. 사회주의적 언동에 대한 강요가 사라지자마자 역사에 대한 질문들이 공개적으로 제기되기 시작했습니다. 동독의 주민들, 특히 젊은이들은 동독정부에서는 거부해온 과거사에 대한 책임을 자신들의 중요한 과제로 인식해왔습니다. 이러한 공명심을 우리는 존경심을 갖고 지켜보았습니다.

자유로운 선거에 의해 선출된 동서독의 두 국회의장이 홀로코스트 희생자들을 추모하기 위해 몇달 전 이스라엘을 방문한 것은 현지에 깊은 인상을 남겼습니다. 당시의 방문은 동서독이 모두 역사적 책임 문제에 있어서도 동일하게 인식한다는 점을 나타내는 것이었습니다.

민족사회주의의 폭압과 이들에 의해 자행된 대전은 독일 안에서뿐만 아니라 유럽 전 지역에서 엄청난 고통과 희생을 야기했습니다. 우리는 당시의 희생자들을 잊지 않고 늘 추모해왔습니다. 그리고 민족 간, 국가 간에 조성되는 화해 기류를 우리는 고맙게 생각하고 있습니다.

자유 수호와 유럽의 분단 극복을 향한 바람은 전후 모든 기간 동안 독일과 베를린에서 한번도 멈춘 적이 없었습니다. 그럼에도 미래를 예견하는 상상력이 있는 자는 아무도 없었습니다. 그래서 오늘 우리는 이처럼 갑작스럽게 생긴 선물을 받아들고 있는 것입니다. 역사는 지금 우리 독일과 함께하고 있습니다. 우리는 그만큼 양심적으로 자각해야 합니다.

2차대전 이후, 독일 분단은 유럽 분단의 상징이 되었습니다. 독일의 분단은 승전국의 의지가 아니었고 승전국들 간 논쟁의 결과물이었습니다. 이후 동서독 양 진영 간의 대립은 분단을 더욱 공고하게 만들었습니다. 우리는 이 점을 부정하지 않을 것입니다. 히틀러 체제하에서 독일이 전쟁을 일으키지 않았더라면 분단되지 않았을 것이라는 점을 우리는 결코 잊지 않을 것입니다.

냉전시대 핵무기 대치 상황 속에서 동서독 간의 체제 경쟁은 40년 이상 지속되었습니다. 이제 이러한 대립 구도는 종식되었습니다.

소련의 고르바초프 체제는 민주주의와 시장경제로 개혁이 불가피하다는 것을 인식했습니다. 소련의 개혁은 자유가 없었다면 실패로 끝났을 것입니다. 소련은 개혁 과정을 통해서 용기있는 결론을 도출했습니다. 연방국가들의 후견·감독 역할을 포기하고 이들의 자결권과 주권을 존중해주었습니다. 이로 인해 역사적으로 전례없는 평화적인 혁명들이 중부, 동부, 남동부 유럽에서 일어날 수 있었던 것입니다. 동일한 방식으로 국가적 통일을 위한 독일 국민들의 자유로운 결정도 가능했던 것입니다.

소련 지도부가 추진하는 개혁정책은 현재 여러 난관에 봉착했습니다. 그럼에도 불구하고 역사적인 공로를 인정받기에는 충분합니다. 또한 우리 독일 국민들을 포함해 전세계 수많은 사람들은 소련에 대해 고마운 마음을 품고 있습니다.

폴란드, 헝가리, 체코슬로바키아 국민들과 이들의 시민운동에 대해서도 감사드립니다. 바르샤바, 부다페스트, 프라하 시민들은 우리들에게 모범이 되었습니다. 그들은 동독사회 내부의 자유를 향한 의지를 자신들 공동의 역사발전 과정으로 인식하고 고무적인 역할을 해주었습니다. 우리는 그들이 동독 난민들을 지원해줌으로써 동서독 장벽과 철조망을 극복하는 데 손수 기여해주었다는 점을 결코 잊지 못할 것입니다. 통일독일은 앞으로 이 국가들과 개방적이고 긴밀한 협력관계를 모색해나갈 것입니다.

자유와 인권은 미국, 프랑스, 영국 등 우리의 서방국가 친구들에게 중요한 문제였습니다. 그들의 보호와 행동력, 협력은 우리에게 큰 힘이 되었습니다. 가장 중요한 점은, 그들이 우리에게 신뢰를 보내주었다는 것입니다. 이 점에 대해 우리는 오늘 특별히 고마운 마음을 표합니다.

독일 통일 과정에서 파트너 국가들의 이해가 얼마나 중요한 문제인가 하는 것은 분명하고 건설적인 입장을 표명한 EU가 잘 보여주고 있습니다. 저에게는 오늘 이 자리에 참석해주신 자끄 들로어 EU 집행위원장님과 집행위원 여러분의 혜안에 경의를 표하고 감사 말씀을 드릴 수 있다는 것이 얼마나 큰 기쁨인지 모릅니다.

또한 오늘 우리는 그 누구보다도 억압과 독재에 맞서는 용기를 보여준 동독 주민 여러분들에게 사의를 표하는 바입니다. 지난 10년 넘도록 종교계는 함께 모여 평화의 기도를 올렸고 평화적 혁명의 생각들을 준비하고 심화하고 또 전파해왔습니다. 그러나 동독 공안의 힘은 계속 우리를 지배하고 있었습니다. 1989년 늦가을까지 동독정부의 무력진압 위협은 계속되었습니다. 이에 굴복하고 물러섰다 해도 충분히 이해가 될 정도였습니다. 그럼에도 사람들의 마음속에 있는 희망은 더이상 억누를 수 없었습니다.

"우리는 한 민족입니다"라는 이 단순하면서도 위대한 외침은 동독의 체제를 흔들리게 했고 결국에는 무너뜨렸습니다. 이 외침 속에는 우리 공동체, 공화국을 자기 자신의 손으로 다스리겠다는 국민들의 의지가 절절히 녹아 있었습니다. 이렇게 독일에서의 평화적 혁명은 진정 공화적인 모습으로 이루어졌습니다. 지난 60여년간의 씁쓸한 억압을 견뎌낸 성과이기에 더더욱 놀랍고 값진 것입니다. 민주주의를 신봉하는 국민들이 자유와 연대를 기치로 함께 뜻을 모아 하나가 되고자 한 것은 우리 모두의 과제였습니다.

서독 주민들에게도 감사의 말씀을 드립니다. 우리 민족에 대한 국제사회의 신뢰가 없었더라면 독일 통일은 불가능했을 것입니다. 이러한 국제사회의 신뢰는 독일민주주의연방공화국이 지난 40년간 쌓아온 성과입니다. 독일은 자유민주주의와 유럽 공동체적 가치에 뿌리를 내렸습니다.

우리 독일인들은 이제 예측할 수 있고 신뢰할 수 있는 존경받는 파트너가 되었습니다. 우리가 통일의 과업을 이루어낸 바로 이러한 경험들은 주변 국가들과 국제사회의 동의를 이끌어내는 데 결정적으로 기여했습니다.

"우리는 한 민족입니다"라는 우리의 외침은 이제 수천마디 말(통일을 체결하기 위한 조약들)로 모습을 바꾸게 되었습니다. 참으로 믿기지 않을 만큼의 성과로 합의와 조약들이 체결되었으며, 이를 통해 오늘 우리는 통일의 과업을 완수하게 되었습니다. 일부 사안들은 매우 복잡하게 얽혀 있기도 했고 때로는 커다란 갈등도 있었습니다. 시간적인 압박이 컸던 것도 사실입니다. 그러나 우리는 밤낮없이 문제해결을 위해 매진했습니다. 상황에 따라 충분히 그렇게 할 수 있는 일입니다.

앞으로 더 많은 것들이 명백해져야 할 것이고 더 많은 쟁점들이 조정되어야 할 것입니다. 그럼에도 전체적으로 봐서 지금까지 완성된 업적에 대해서는 우리의 놀라움을 감출 수 없을 것입니다.

동서독의 책임있는 정치 지도자들과 사법부 수뇌부, 공직에서 자신들의 맡은 바 업무를 성실히 수행한 많은 분들에게 감사드립니다. 이 분들의 헌신은 가히 모범적이었습니다. 이 분들은 충분히 보람된 일을 하셨습니다.

통일은 이제 형식을 갖췄습니다. 이제 실질을 기하고 생명력을 불어넣는 일만 남았습니다. 의회와 정부, 정당들은 함께 힘을 모아 이일을 지원해야 합니다. 통일의 완성은 모두 주인의식을 갖고 이성과 감성으로 정성을 다했을 때 가능할 것입니다. 우리 앞에는 많은 과제들이 남아 있습니다. 우리를 서로 분리하는 것이 아직 많다는 사실을 묵과하는 것은 올바르지도, 유익하지도 않을 것입니다.

우리를 갈라놓으려 한 분단의 외부적 강제수단들은 자신들의 목표를 달성하지 못했습니다. 장벽과 철조망 같은 비인도적 상황은 통일에 대한 우리의 열망을 더욱 절실하게 확인해줄 뿐이었습니다. 우리는 이 사실을 특히 베를린에서 강하게 느꼈습니다. 베를린은 과거뿐만 아니라 앞으로도 중요한 의미가 있을 것입니다. 장벽을 매일 바라보고 살아가야 했지만 이는 건너편에 대한 동경과 희망을 멈추게 하지 못했습니다. 이제 장벽은 무너졌습니다. 바로 이 점이 중요한 것입니다.

이제 우리는 다시 찾은 자유를 소중하게 지켜나가야 합니다. 이전보다 더욱 분명하게 우리는 오늘 동서독의 상이한 발전 상황을 인식하고 있습니다. 무엇보다 물질적인 차이를 보게 됩니다. 동독 주민들은 하루하루 최선을 다해 열심히 생활해왔고, 우리는 이 점을 잊지 않을 것입니다. 그럼에도 힘든 경제 여건 속에 있었습니다. 서독과의 격차와 실상은 최근에야 비로소 소상히 드러났습니다.

우리가 동서독 간의 격차를 줄이고자 한다면 지원정책과 함께 바로 서로 간의 존중이 필요합니다. 동독 주민들에게 통일은 일상에서 완전히 새롭게 자신들의 생활방식을 바꿔야 하는 일입니다. 이것은 때로는 인간의 능력 범위를 뛰어넘는 과정이 될 수 있습니다. 언젠가 동독의 한 여성분이 저에게 편지를 보내온 적이 있습니다. 그분은 바로 자기 자신과 결별해야만 하는 그 많은 변화들이 정신을 그렇게 갉아먹는 일이 될 줄은 전혀 예상하지 못했다고 말했습니다. 동독 주민들은 그동안 동독정부와 결별하기를 바랐을 것입니다. 그럼에도 자신들 생활체계의 거의 모든 것을 미지의 것으로 대체하는 것은 매우 힘든 과정일 것입니다.

베를린장벽의 붕괴는 서독 주민들에게 커다란 기쁨이었습니다. 그러나 동서독의 통일문제가 개인들의 일상생활과 관련된다는 것을 많은 사람들은 인식하지 못하고 있거나 달갑지 않게 여기고 있습니다. 이것은 결코 바람직한 일이 아닙니다. 서로 이해하는 법을 먼저 배워야 합니다. 동서독 모두 그동안 소중한 경험을 했고 각자 소중한 자산이 있다는 점을 토대로 통일을 유지하겠다는 것을 제대로 인식할 때에만 비로소 우리의 미래는 희망적일 것입니다.

서독 상황을 보면 우리는 큰 발전을 이루어냈습니다. 그동안 서독 주민들은 격정적인 민족주의 감정이 아니라 자발적인 사회공동체 의식을 형성해왔습니다. 서독의 지난 40년의 역사발전 과정에서 우리는 세대, 계층, 정치노선 간에 심각한 갈등도 많이 겪었습니다. 종종 첨예한 갈등 상황도 있었지만 바이마르공화국 시절의 파괴적 국면으로까지는 치닫지 않았습니다. 1968년 학생시위 때에도 많은 상처가 발생했지만 이는 사회적으로 민주주의 참여의식이 발전하는 데 기여했습니다.

이러한 갈등 극복의 경험은 법치주의에 대한 신뢰 면에서 공동체적 기반을 공공히 다져주었습니다. 사회 내부의 불안정성도 사라졌습니다. 다른 민족국가들과 비교하던 습관도 이제 줄어들었습니다. 우리가 잘살기 위해서 다른 사람들이 못살 필요는 없습니다. 다른 한편 국경 너머뿐만 아니라 전반적으로 긍정적인 상황들이 전개되고 있습니다. 판단이성과 생활감정 전반에서 더욱 편안해졌습니다.

서독의 일부 사람들은 이제야 비로소 제대로 서독사회만의 장점들을 찾아내고 있습니다. 과거 서독사회를 통렬히 비판하던 많은 사람들은 통일이 되면 자유주의와 연방주의, 유럽과의 연대에 손상이 생길 수 있다고 우려하고 있습니다. 그러나 저는 그런 우려에 공감하지 않습니다.

제가 이 자리에서 말하고자 하는 것은 젊은이들이 서독사회 공동체에 소속감을 느끼고 서독정부의 국가운영 방식에 대해 긍정적으로 평가한다는 것입니다. 이것은 기쁜 일입니다. 우리 젊은이들은 자유주의에 기반한 국제 시민사회의 구성원으로 성장했습니다. 그들은 이 개방된 세계사회가 계속해서 유지되기를 바랍니다. 당연하지 않겠습니까?

이제 동독문제입니다. 독일 통일의 이 순간, 한쪽에는 궁핍이, 다른 한쪽에는 풍요가 있습니다. 동독과 서독의 관계를 실패와 성공이나 악과 선으로 이분법적으로 사고하는 것은 무의미하고 비인간적인 일입니다. 동서독의 차이는 사람이 아니라 제도에 있습니다. 동독 시민들이 서독 시민들에게 수십년간 주어져왔던 기회를 동등하게 갖게 된다면 이 점은 더욱 명확하게 나타날 것입니다.

개개인의 삶은 고유한 의미와 존엄성이 있습니다. 무용한 삶은 존재하지 않고 고난의 경험은 더욱더 가치가 있습니다. 동독 주민들은 어려운 생활 여건 속에서도 인간적으로 중요한 가치들을 체험했고 우리는 바로 이것이 통일독일의 발전 과정에 유용하게 쓰이기를 바랄 뿐입니다. 우리가 만약 이 점을 간과한다면 우리는 실패한 체제의 잘못을 다시 한번 되풀이하게 될 것입니다. 동독 체제의 의도는 국가적·사회적으로 절대적 통치를 통해서 사람들의 생각과 삶의 방향을 결정짓고 새로운 사회주의 인격체를 만들어가는 데 있었습니다. 만약 이것이 성공을 거두었다고 한다면 이제 이러한 인간 유형은 체제의 몰락과 함께 퇴장해야 합니다. 공산주의는 이러한 시도에서 실패했습니다. 체제의 오만과 독선에 맞선 사람들의 정신적 자유에 대한 갈망이 결국 승리를 거뒀습니다. 전체주의에 대한 승리입니다.

자유쟁취의 토대는 독재치하에서 형성되었습니다. 합법적인 정치 행위의 경계선이 어디까지인지를, 공적 통제의 바깥에 인간의 자유가 있다는 것을 눈뜨게 한 것은 바로 정치적 억압이었습니다. 억압은 자유의 소중함을 일깨워주었습니다. 동독의 삶은 이를 체득하게 해주었습니다.

국가가 체제 차원에서 자국민을 비록 보호·관리했다지만 주민들의 궁핍과 존엄성까지는 제대로 알지 못한 것입니다. 사람들은 비밀리에 서로 도우면서 지금까지 연명해왔습니다. 생활의 궁핍은 공동체의 토대가 되었습니다. 연대(Solidarität)라는 용어는 더이상 강령상의 추상적 개념으로 남지 않았으며 개개인들이 직접 체험하는 현실이 되었습니다. 교회 공동체와 봉사단체 활동에 참여하기 위해서는 용기와 극기가 필요했습니다. 그러나 이것은 축복을 가져왔습니다. 내적으로 힘을 부여했습니다. 그들은 이런 방식으로 국가가 소홀히 취급하던 중증장애인들을 보살폈습니다. 생명에 대한 경외심이 다시금 되새겨졌습니다.

동독정부는 예술과 문화 영역을 자신들의 영향력하에 두기 위해 부단히 노력했습니다. 지금, 동독 예술인들이 이제까지 보인 행태와 작품들과 관련해 논쟁이 있는 것도 바로 이 때문입니다. 이때 도외시되는 것이 없어 다행스럽습니다. 그럼에도 이처럼 때늦은 윤리적 엄숙주의가 설득력을 얻고 유용해지려면 자신을 돌아보는 성찰의 계기로 작용해야 합니다. 동독에서 예술은 빈번히 정치적 운동으로 악용되었지만 그뿐 아니라 삶을 변화시키고 심화하는 힘으로도 기능을 했습니다. 어제 저녁과 오늘 음악을 들으면서 이런 것을 느끼지 않으셨습니까?

동독정부는 사람들의 정신을 피폐하게 만들었습니다. 이 과정에서 예술은 종종 정신의 양식이 된 것입니다. 동독 예술계는 또한 교회공동체가 무엇보다 중요하게 여긴 내적 자유 공간을 확장하는 데 기여했습니다. 이 일련의 과정을 거치며 그들은 강요된 거짓에서 점차 해방되었습니다. 바로 이 강요된 거짓은 지난 수십년간 최악의 독이었으며 정부와 사회, 이웃, 종국에는 개개인에 대한 신뢰를 파괴했습니다.

진실을 향한 자유가 사람들이 스스로 용기를 갖고 쟁취한 가장 고귀한 선이 된 것입니다.

서독은 다행히 이런 힘든 시련을 겪지 않았습니다. 우리는 다만 존경을 표할 수밖에 없고, 통일 과정에서 우리의 존경을 입증해 보이고자 합니다.

1989년 가을 이후 동독 주민들의 인간적 실체는 매우 어려운 외부적 여건하에서 시민사회운동, 원탁회의, 신생 기초단체 등을 통해 다시금 드러났습니다. 동독 인민의회는 아무 준비 없이 전례없는 막중한 임무를 떠안게 되었습니다. 사람들은 이를 종종 아마추어 연극 배우로 묘사했습니다. 이것이 흠잡을 만한 것이라도 되나요? 동독 인민의회는 정파를 초월해 정당 간 의례적인 대립과 갈등 없이 난제들을 해결하는 데 심혈을 기울여 일했습니다.

그들은 언제나 필요한 합의점을 찾고 이루어냈습니다. 또한 "자신들의 세계관을 입증하기 위해 다른 이들에게서 늘 최악의 상황을 기대하거나 심지어 바라지 않는다"(리하르트 슈뢰더)라는 것이 얼마나 값진 것인지 여러 차례 보여주었습니다. 아마추어가 직업정치인에게 뒤지지 않는 것은 민주주의에 나쁜 징조는 아닐 것입니다.

이제 우리는 대업의 중심에 서 있습니다. 수많은 과제들 중에서도 특별히 힘들고 막중한 것은 동독 공안당국이 남겨놓은 불신의 잔재를 털어내는 일입니다. 체제의 힘이 꺾였다 해도 그에 대한 트라우마는 아직까지 살아 있기 때문입니다. 트라우마를 극복하는 일은 외부에서 해줄 수가 없습니다. 우리 바깥에서 솔로몬의 지혜를 바랄 수는 없습니다. 독의 영향을 받은 자가 해독의 적임자입니다.

이런 면에서 진정 위험한 것은 국가의 정치이념 자체라기보다는 이것을 절대적인 진실로 동일시하는 태도였습니다. 지도부는 자신들의 진리를 과신했고 이를 모든 사람들에게 강요하려 했습니다. 이를 위해 동독의 공안은 수단으로서 구실한 것입니다. 공안체제를 통해 동독 지도부의 도덕적 목적은 가장 비도덕적인 것으로 뒤바뀌게 되었습니다. 진부하고도 가차없는 수단들로 시민들을 염탐하고 감시하고 억압하고 부패하고 밀고하도록 강요한 것입니다. 그중에서 가장 음험한 것은 피해자를 공범자로 끌어들이는 행위였습니다.

동독 공안의 만행에 '망각'의 외투를 덮어주는 것은 인간적인 면에서 받아들일 수 없고 법치적인 면에서도 참을 수 없는 일일 것입니다. 법과 정의는 살아 있습니다. 과거의 진상을 조사할 때 신상정보의 보호라는 명목하에 가해자를 비호해서는 안 될 것입니다. 그러나 이때 진상규명의 수단들도 그대로 신뢰해서는 안 될 것입니다.

거짓 없이 살 수 없는 체제에서는 기록문서들도 진실이 아닐 수 있습니다. 처벌할 수 없다고 해도 정치윤리적 책임은 남아 있습니다. 죄는 벌보다 그 폭이 더욱 넓은 개념입니다. 이밖에도 나중에 죄로 보이게 된 것들이 사실은 완전히 성격이 다른 경우들도 있었습니다. 이것은 종종 외부의 강한 심리적 압박 속에서 양심적인 자기성찰의 결과로 나타나게 된 현상들이었습니다.

영혼의 상처를 치유하는 데는 오랜 시간이 필요합니다. 불신을 해소하는 데에도 많은 시간이 듭니다. 그러나 이런 불신의 해소는 반드시 필요한 일입니다. 완전한 소탕을 통해서는 소기의 목적을 달성할 수가 없습니다. 스스로 위험한 도덕주의자 부류에 속하게 될 뿐입니다. 정의가 주목적이어야 합니다. 복수가 아니라 화해와 내부의 평화가 중심이 되어야 합니다.

지금 우리에게는 경제적·사회적 어려움을 극복하는 일이 시급합니다. 동독 체제가 붕괴한 것에는 경제적 위기도 한몫 했습니다. 동독 주민들이 어렵게 쟁취한 자유를 새로운 위기로 경험하게 되지 않게끔 하는 것이 그만큼 더 중요합니다. 동독 주민들은 서독의 '사회적 시장경제' 질서를 선택했습니다. 화폐통합은 사람들의 자유로운 왕래와 자유로운 경제활동의 길을 열어주었습니다. 경쟁과 사회보장을 위한 법과 제도의 정비작업도 추진되었습니다.

그럼에도 이러한 체제 정비가 곧바로 경제적 부흥을 약속해주지는 않습니다. 우리 모두의 노력이 수반되어야 합니다. 사회적 시장경제는 법전으로 완성되는 것이 아닙니다. 우리의 사고와 행동으로 뒷받침되어야 하는 것입니다. 자유는 그냥 주어지지 않는다는 것과 부흥은 하룻밤 사이에 일어나지 않는다는 경험이 이를 입증합니다. 당사자들이 이 점을 가장 잘 알 것입니다.

변화에 적응하는 것은 많은 사람들에게 간단하지 않은 일일 것입니다. 다시 교육받아야 하고 새로운 환경에 대처해야 하고 이사를 해야 하고 일자리를 찾아나서야 하는 등 많은 것을 새롭게 다시 시작해야 한다는 것은 쉬운 일이 아닙니다. 그러나 스스로 노력한 만큼 성과를 얻을 것이라는 점을 우리는 경험을 통해서 잘 압니다.

이제 통일된 땅에서 우리에게 중요한 것은 모두 함께 협력해야 한다는 것입니다. 함께 똘똘 뭉쳐야 합니다. 바로 우리 자신을 위해서입니다. 동독지역의 재건을 위해 우리는 연대책임을 져야 합니다. 성공을 위해 함께 뛰어야 합니다. 우리가 이 과업을 이루어내지 못할 경우 장기적으로 동서독지역이 모두 어려운 상황에 처하게 될 것입니다. 우리 헌법에도 모든 독일인들에게 만족스러운 생활여건을 제공하고 계발의 기회를 보장해야 한다는 정신이 내재합니다. 이와 함께 외국에서 온 주민들도 개방적이고 공정하게 대우해야 합니다.

성장의 열매를 나눌 때는 그 누구에게도 손실이 가서는 안 된다고들 말합니다. 이것은 요즘 유행하는 정치 커뮤니케이션의 마케팅 언어에서 흔히들 쓰는 표현입니다. 그러나 냉정히 보면 이 말은 분배를 미래로 미루자는 것과 다르지 않습니다. 이렇게 될 경우 많은 사람들의 운명에 너무 늦게 당도하는 상황이 될 수도 있습니다.

중국 속담에 "형제들이 힘을 모으면 산(山)도 금이 된다"라는 말이 있습니다. 물론 금이 될 필요까지는 없겠지요. 더군다나 여기에는 자매들이 빠지지 않습니까? 그러나 이 말이 주는 분명한 교훈은 하나가 되려면 나눔을 배워야 한다는 것입니다. 고금리의 차관을 들여온다고 해서 통일비용을 조달할 수는 없습니다. 공적·사적으로 계획을 바로잡고 서로 협력하고 절약하고 베풀어야 합니다. 병원, 학교, 대학, 기업, 협회, 조합, 가족 등에서 많은 선례들이 이를 입증합니다. 도시 간 자매결연도 우리의 생활공동체를 다지는 중요한 초석이 될 수 있습니다.

나눔을 행할 때가 진정한 온정을 베푸는 것이라는 사실은 모든 문화와 종교를 초월하여 우리가 경험으로 아는 만고의 진리입니다. 서로 온정을 나눌 준비가 되어 있을 때 비로소 우리는 진정으로 하나가 될 것입니다. 우리는 할 수 있습니다. 또한 많은 사람들이 이를 바라고 있다고 저는 믿습니다.

민족국가 시대는 아직 끝나지 않았습니다. 그러나 한 국가가 다른 국가들의 도움 없이 혼자만의 힘으로 미래를 열어갈 수 있다고 생각한다면 이는 과거지향적 발상일 것입니다. 오늘날 중요한 현안들을 풀어갈 때 단독적으로 할 수 있는 힘을 가진 국가는 없습니다. 현대 사회의 체계들은 민족국가 개념을 초월한 사고와 기능이 필요합니다. 안보문제와 생태계, 경제와 에너지, 교통과 통신 등 모든 분야가 그렇습니다. 이제 한 국가의 주권이 국가연합체에 참여하여 행사되는 구조가 되었습니다.

유럽공동체(Europäische Gemeinschaft)는 바로 그 구체적인 예입니다. 유럽공동체는 인접 국가들 간의 평화적 공존을 보장하기 위해 범국가적인 권한을 가집니다. 동서 진영 간의 체제 경쟁에서 동유럽권 개혁을 이끌어낸 결정적 추진력은 유럽공동체에서 나왔습니다.

냉전은 끝났습니다. 자유와 민주주의가 이제 모든 나라들에 정착하고 있습니다. 강대국의 강요에 의해서가 아니라 자발적으로 자신들의 대외관계를 관리하고 제도적 안정을 찾을 수 있게 되었습니다. 이러한 바탕 위에서 처음으로 공동의 생활질서와 평화질서가 확립되고 있습니다. 유럽의 많은 민족들에게 완전히 새로운 역사적 장이 열리고 있습니다. 이제 목표는 전(全)유럽의 통합입니다.

거대한 목표입니다. 우리는 이 목표를 달성할 수도 있고 달성하지 못할 수도 있습니다. 우리는 시간을 낭비해서는 안 됩니다. 우리는 유럽의 통합을 이루어 내느냐, 아니면 고통스러운 과거의 역사처럼 다시 민족국가 간 대립구조로 전락하느냐 하는 중대한 양자택일의 기로에 지금 서 있습니다.

우리는 우선 중부, 동부, 동남부 유럽 국가들의 경제적·사회적 발전을 위한 비전을 구체적으로 마련해야 합니다. 새롭게 쟁취한 자유가 제대로 뿌리를 내리도록 해야 합니다. 이들이 생활의 궁핍에 빠지게 해서는 안 됩니다. 유럽공동체는 이들에게 강력한 후원자가 될 수 있습니다. 앞으로 유럽 전체의 발전은 유럽공동체에 달려 있다고 해도 과언이 아닐 것입니다.

이 과정에서 우리 독일인들은 중추적 역할을 해야 합니다. 서방 공동의 건설적인 동유럽권 정책을 위해 우리의 목소리를 높여야 합니다. 역사적으로 독일과 깊은 관계를 맺어온 민족인 폴란드가 이제 다시 모든 독일인들 바로 곁에 사는 이웃이 된 차에 폴란드가 가까운 미래에 유럽공동체의 일원이 될 수 있게끔 노력하는 것이 우리의 마땅한 의무입니다. 체코슬로바키아와 헝가리 관계에서도 이는 마찬가지입니다.

또다른 중요한 국가가 소련입니다. 소련 역시 현재 봉착한 어려운 여건을 헤쳐나가기 위해서는 유럽과 긴밀하게 협력해야 합니다. 소련은 유럽과 소원해진 관계를 회복하기를 바라고 있습니다. 소련은 독일의 통일이 자신들의 대유럽 관계를 복원하는 데 장애물이 아니라 조건이 된다는 것임을 인지했습니다. 이것은 통일 논의 당시 중요한 역할을 한 '2+4회담'의 가장 중요한 메시지였습니다. 우리는 미래 유럽의 안정을 위해서는 모스끄바의 협조가 매우 중요하다는 것을 잘 압니다. 소련의 서쪽 국경선이 유럽의 동쪽 경계선이 되어서는 안 될 것입니다.

우리가 전체 유럽을 향해 이러한 신호를 보낼 때 그것은 서방과 맺은 확고한 연대 위에서 이루어지고 있습니다. 서방과의 연대는 우리 독일인들의 삶에 감흥을 일으켰고 우리의 에너지를 결집했으며 새로운 활력을 불어넣어주었습니다. 우리는 유럽 국가들과의 협력, 범대서양 국가들과의 협력관계를 절대 포기하지 않을 것입니다. 이는 우리 자신의 가장 근본적인 이해관계이며, 동독 주민들도 인식을 공유하는 사항입니다. 동독 주민들 역시 프랑스와의 선린우호 관계가 미래에도 얼마나 중요한지 잘 알 것입니다. 그리고 프랑스가 자신들의 새로운 이웃나라가 되었다는 점에 대해서도 나름 기뻐할 것입니다.

유럽공동체 안에서 유럽공동체를 통해 서방국가들과 협력해야만 앞으로 나아갈 수 있을 것입니다. 유럽공동체 회원국들이 전체 유럽을 위해서 함께 노력을 경주해나갈 때, 유럽공동체와 회원국이 모두 더욱 강해질 것입니다.

우리가 원래 약속한 대로 유럽공동체의 기능 강화를 주도하고 지체없이 경제와 화폐 통합, 정치 연합을 이루어나간다면 우리의 이해관계를 가장 잘 관철하면서 독일에 대한 파트너 국가들의 우려를 아무 탈 없이 불식할 수 있게 될 것입니다.

서방세계에 동화하고 전체 유럽의 이익에 부합하는 노력이 통일독일의 과제인 것입니다. 후일 독일의 분단 극복이 유럽 통합의 진정한 시발점이었다는 평가가 나오게 된다면 그것은 우리가 그 과제에 충실히 임했다는 뜻입니다.

유럽 안에서 우리 자신의 갈등문제를 더 적극적으로 해결해나갈 때 우리는 전지구적 책임들을 더 잘 완수해나갈 수 있습니다. 냉전시대 유럽인들은 남반구로 무기를 수출하고 긴장을 조성하는 일을 반복했습니다. 이제 우리는 유럽안보협력회의(KSZE) 체제를 촉진하고 군비를 감축하고 남반구에 대한 지원을 크게 늘려야 합니다. 칼을 녹여 쟁기를 만든다는, 평화적 혁명 시기의 위대한 성경 말씀은 오늘날 합리적이고 충분한 방위능력까지 포기하라는 의미가 아닙니다. 이것은 세상에서 굶주림을 해결해주고 그들의 궁핍을 해소해줘야 한다는 의미입니다. 통일독일의 많은 젊은이들이 이러한 주장을 하는 것은 매우 고무적인 일이 아닐 수 없습니다.

세계적으로 볼 때 우리의 연대책임은 특별히 환경보호문제에 있습니다. 인류가 기술적·경제적으로 이룩할 수 있는 것이라 해도 그것을 위해 자연을 희생해도 된다고 허락받은 것은 아닙니다. 이것은 지구가 인간이 생존할 수 있는 곳이냐 아니냐 하는 문제 이상의 의미입니다. 우리 인류는 스스로 창조하지 않은 것을, 마음대로 해서는 안 되는 신의 창조물을 파괴할 수 있습니다. 그런 자유를 마음대로 누려왔습니다. 자유의 책임 속에서 우리 인류가 윤리적인지, 종국에는 생물학적으로 생존능력이 있는지를 보여주게 될 것입니다.

우리에게 주어진 과제는 진정 '글로벌'합니다. 이 개념은 세계 모든 국가, 광역단체, 기초단체, 각 개인에게 해당하는 문제입니다. 환경문제는 우리가 보편적으로 직면하는 문제이고, 그렇기 때문에 동시에 가장 정치적인 문제입니다. 통일독일이 새롭게 출발하는 이때 환경문제에 대한 분명하고 규범적인 답을 찾아야만 합니다.

독일의 기본법은 이제 우리 모든 독일 국민에게 유효합니다. 통일조약에서 우리는 국가적 목표들에 관한 규정들을 다루기로 합의했습니다. 이것은 제한적인 법규의 틀에 얽매어 있지 않고 입법자와 우리에게 모두 똑같은 의무가 부여되어야 하는 헌법의 사명에 관한 것입니다.

우리가 국가적 목표를 보완한다면 자신의 권리를 주장할 수 없는 자연을 보호하는 문제만큼이나 시급한 것이 있겠습니까? 신의 창조물을 보존해 후대를 보호해주는 것보다 더 중요한 과제가 있겠습니까? 저는 이보다 더 중요한 것은 없다고 생각합니다.

친애하는 국민 여러분, 오늘 우리는 통일국가를 건국합니다. 통일이 인도적으로 얼마나 성공하게 될지를 결정하는 것은 동서독정부 간의 조약도, 입법기관의 헌법이나 규약도 아닙니다. 이것은 우리의 태도에 달려 있습니다. 우리가 서로 마음을 열고 애정과 관심을 보이는 것이 중요합니다. 이것은 에르네스뜨 르낭이 말한, 우리 공동체의 특성을 결정하는 "일상의 국민투표"인 것입니다.

저는 우리가 옛 도랑과 새 도랑을, 다시 말해 과거와 현재의 문제를 모두 극복할 수 있다고 확신합니다. 우리는 한쪽에서 자란 헌법 애국주의와 다른 한쪽에서 경험한 인간적 유대를 강력한 하나로 결집할 수 있습니다. 우리는 주변국들이 바라는 큰 과제들을 완수하고자 하는 공동의 의지가 있습니다. 우리는 지구상의 다른 국가들이 지금 우리보다 얼마나 더 어려운 여건 속에 있는지 알고 있습니다.

　역사는 우리에게 기회를 주고 있습니다. 우리는 이 기회를 확신과 신뢰 속에 살리고자 합니다. 우리가 느끼는 이 환희는 우리가 어젯밤 공연에서 들은 것과 같은 '신성한 불꽃'〔「환희의 송가」 가사의 일부〕입니다.

옮긴이의 말

이 책 『우리는 이렇게 통일했다』(*Der Weg zur Einheit*)의 저자 리하르트 폰 바이츠제커(Richard von Weizsäcker)는 1920년 독일 슈투트가르트에서 태어났다. 영국 옥스퍼드대학과 프랑스 그르노블대학에서 유학한 그는 독일 괴팅엔대학에서 전공으로 법학을, 부전공으로 역사학을 공부했다. 대학 졸업 후엔 줄곧 변호사와 정당인으로 활동했다. 1981년부터 84년까지 베를린 시장을 지낸 그는 이후 1984년부터 94년까지 10년간 독일연방공화국 대통령을 역임했다. 1994년 임기를 마칠 때에는 독일 언론들로부터 "국민의 관심과 의지를 모아내고 높은 차원의 정치를 구현한 지도자"라는 평을 받았다. 그는 헬무트 슈미트 전 독일 총리와 함께 '독일과 인접국가들'(Die Deutschen und ihre Nachbarn) 씨리즈를 발간하는 등, 폭넓은 식견과 안목을 갖춘 전후 독일 현대사 최고의 지성 중 한명으로 평가받고 있다.

바이츠제커는 대통령 재임기인 1990년 헬무트 콜 총리와 함께 독일 통일을 성공적으로 이루어냈다. 그는 이 격동의 역사적 경험을 토대로 통일 이후 20여년이 경과한 2009년, 통일 과정 전후사 전반을 회고하고 통일독일이 앞으로 지향해나가야 할 근본 가치들을 조망하는 이 책을 집필했다.

그가 이 책에 남긴 독일 통일의 역사적 기록과 감회는 남북통일이라는 시대적·운명적 과제를 목전에 두고 있는 우리 국민들에게도 살아 있는 교훈으로서 전달되리라 믿어 의심치 않는다.

바이츠제커는 이 책에서 통일을 위해서는 정부 간 조약이나 헌법, 규약도 중요하지만 국민들의 태도가 매우 중요하다고 강조한다. 즉, 진정한 하나가 되려면 나눔을 배워야 한다는 것이다. 통일에 대한 마음의 준비, 교류협력 확대, 법·제도 정비, 통일기금 조성을 위한 세제 도입, 북한 주민들의 생활여건 개선 등 우리의 통일을 준비해나가는 과정에서 '함께 나누는 것'을 배우고, 또 이를 실천해나가려는 성숙한 정치문화와 시민의식은 매우 중요한 요소가 될 것이다.

그는 한 국가의 평화적 통일을 위해서는 주변국들과의 원만한 관계 또한 필수적이라는 점을 강조하고 있다. 독일은 2+4회담 등에서 러시아, 미국, 영국, 프랑스, 그리고 폴란드 등과의 외교관계를 성공적으로 관리했다. 이를 통해 동서독통일은 주변국들과의 쟁점을 야기하지 않으면서 평화적인 절차 속에서 이루어질 수 있었다.

독일의 이러한 경험은 생각보다 빠르게 진행될 수 있는 한반도 통일 과정의 혼란을 미연에 방지해나간다는 차원에서 우리가 미국, 중국, 일본, 러시아 등 주변 열강들과 함께 통일이라는 쟁점에 대해 순조롭게 소통하고 국가 간 관계를 생산적으로 조정·관리해나가는 노력이 중요하다는 것을 시사해준다.

역자에게 이번 번역은 매우 소중한 기회였다. 독일에서 유학한 사람으로서 우리 사회의 한반도 이슈에 조금이라도 도움이 될 수 있는 일을 오래전부터 하고 싶었고, 또한 나의 딸들을 비롯하여 이 땅에서 커가는 아이들에게도 뭔가 의미있는 결과물을 남겨주고 싶었기 때문이다.

번역을 마친 뒤에 드는 한가지 생각은 역자의 한계로 바이츠제커의 깊은 통찰과 안목, 그리고 그분이 간직한 평생의 감회를 제대로 다 잘 표현해냈을까 하는 점이다. 혹여 부족한 면이 있더라도 독자 분들의 양해를 구하는 바다.

그동안 이 역서가 나오기까지 애써주신 창비 편집진 여러분께 감사드린다. 마지막으로, 이 번역 작업 탓에 많은 시간을 함께하지 못한 아내와 두 딸 유라, 주리에게 미안함과 고마움을 전한다.

2012년 10월 3일 독일 통일 기념일에
탁재택

우리는 이렇게 통일했다
바이츠제커 회고록

초판 1쇄 발행 / 2012년 12월 12일

지은이 / 리하르트 폰 바이츠제커
옮긴이 / 탁재택
펴낸이 / 강일우
책임편집 / 박대우
펴낸곳 / (주)창비
등록 / 1986년 8월 5일 제85호
주소 / 413-120 경기도 파주시 회동길 184
전화 / 031-955-3333
팩시밀리 / 영업 031-955-3399 편집 031-955-3400
홈페이지 / www.changbi.com
전자우편 / human@changbi.com